U0165424

變形記

六部
指標作品
百年最佳

Die Verwandlung und ausgewählte Erzählungen

法蘭茲・卡夫卡
Franz Kafka
著

宋淑明 何文安 吳佳馨——譯

法蘭茲・卡夫卡，於1923年。

編輯室報告

作家逝世百年，對世事洞察眼眸仍目光如炬，筆鋒銳利。當今世人需要卡夫卡，或許更甚以往。他的作品除了直視荒謬，還有一種寬慰人心的力道。期待藉著重新與卡夫卡相遇，同時審視現代人身處世界的各種難題，無論人際疏離，或一切荒謬的不合理不人道，這個由人的世界所構築的迷宮。

卡夫卡生前出版為數不多，似也乏人問津，卻在他於四十歲離開人世之後，廣受全世界重視，掀起「卡夫卡熱」，更深深影響現代幾乎所有重量級的作家與思想家，包括馬奎斯、波赫士、村上春樹、沙特、蘇珊·桑塔格等，可說鮮有不受其影響者，無論寫作道路與思考上，一切神秘的牽動。馬奎斯更聲稱，因為卡夫卡，他才知道可以這樣寫作。

本書收錄的六部指標代表作選，根據他遺囑的信中提到的「算數」之作，是「就算全部作品焚毀，也可留下的」，希望勾勒出某種卡夫卡式的樣貌。附帶一提，他生前認可與付梓的全都是中短篇作品，然而在他逝世後，所有長篇與未完成的作品與手稿等，都在其編輯友人安排下全部出版，亦曾掀起波瀾。

這部以作家眼中最好的作品所選輯的版本，期將代表作的精選亮點一次收錄，向這位大師致敬。提前翻閱一世紀，他早看見了現代人各種疏離、被誤解，與異化的孤寂世界。

紀念卡夫卡逝世百年，我們相遇在收藏卡夫卡，並被他所理解（甚至看透）的時代。

推薦語

▪卡夫卡總能精準描繪：人究竟如何孤獨地活在他自己想像的關係之中。

——紀金慶（台灣師範大學助理教授）

▪這本書以卡夫卡最後遺囑所挑選的六篇代表作為編輯概念，讓我們看到，卡夫卡文學創作的核心，在於刻畫了做為人的恥辱。

——耿一偉（台北藝術大學戲劇系兼任助理教授）

▪接近卡夫卡，一如接近孤獨的本質。卡夫卡不只是孤獨，而是孤獨如同卡夫卡。

——潘怡帆（中央大學哲學研究所副教授）

▪卡夫卡作品中的世界就是薛西弗斯故事的翻版：在世上，每人都有專屬於他的困擾──儘管拚命努力，終將徒勞。但這個過程卻也能讓人有機會深刻體會「絕望卻幸福地活著」的滋味。

──鄭慧君（輔仁大學德語系助理教授）

▪沒錯，這六部短篇是卡夫卡的核心，每一行的速度感、臨場感、夢一般的神奇和現實一般的殘酷，都直擊人心。

──鴻鴻（詩人）

推薦序——

卡夫卡迷宮中的泥沼地景

萬壹遵
東吳大學德國文化學系副教授兼系主任

卡夫卡的遺願？

有個幾乎被認為是事實的說法：卡夫卡（Franz Kafka, 1883-1924）在去世前要求友人布羅德（Max Brod）將自己所有寫過的作品全部銷毀，而布羅德「背叛」了卡夫卡的遺願，於是為這個世界留下獨一無二的文學寶藏。這個說法不啻為卡夫卡的命運又增添了幾份悲愴，宛如悲劇英雄在人生邁入終點之際、再次對命運進行最後的反抗。然而，這整件事的真相其實沒有那麼戲劇性：卡夫卡寫下的（非正式）「遺願」有兩張，一張寫在他去世前三年（應為一九二一年秋冬），一張寫在他去世前兩年（一九二二年十一月二十九日），託付的對象都是布羅德，但是兩封信都沒有直接寄出，而是夾雜在卡夫卡身後留下的文件堆裡。從卡夫卡躊躇、徘徊與矛盾的性格來看，去世兩、三年前寫下的遺願究竟有多少能算數？這個問題也許沒有答案，但肯定已經讓「完全銷毀」站不住腳。更何況他在寫下遺願之後又跟出版社簽了新的合約，陸陸續續發表包括〈飢餓藝術家〉（*Ein Hungerkünstler*）、〈女歌手約瑟芬或老鼠的族群〉（*Josefine, die Sängerin oder Das Volk der Mäuse*）……等名篇，他真的不想要有自己的傳世作品嗎？

如果再細究兩份「遺願」的內容，也可以看到有趣的差異。卡夫卡在第一封信裡寫著：

我最後的請求：我身後所有找得到的〔……〕日記、手稿、信件、別人或我自己畫的塗鴉……等等，不要去讀，而且要全部燒燬，一件不留。

隔年的第二封信裡寫的則是：

在我寫過的所有作品裡面，只有這幾本書算數：《判決》（*Das Urteil*）、《司爐》（*Der Heizer*）、《變形記》（*Die Verwandlung*）、《在流放地》（*In der Strafkolonie*）、《鄉間醫生》（*Ein Lnadarzt*），以及短篇小說〈飢餓藝術家〉（Ein Hungerkünstler）。[1]〔……〕／反之，其他的一切都必須燒燬，沒有例外，而且我要請你盡快完成這件事。

1 卡夫卡在之後又抱病完成了〈初痛〉（Erstes Leid）、〈小女人〉（Eine kleine Frau）、〈女歌手約瑟芬或老鼠的族群〉，這三篇後來連同〈飢餓藝術家〉一起在卡夫卡去世後兩個多月以小說集的形式出版。

我們在兩封信的一來一往之間，明顯可以看見卡夫卡的搖擺不定，更別說同時發現兩封信的布羅德會有多遲疑了。可以確定的是，所謂的全部銷毀只是迷因般的傳說；不僅如此，卡夫卡還間接為讀者指明了一條閱讀他的途徑。

六個路標指引，典型的卡夫卡地景

這六個標題與其說是途徑，不如說是一扇門前的路標，這扇門的背後是無數蜿蜒曲折的道路，既不曉得會通往哪裡，而且怎麼都走不出去。這是典型的卡夫卡地景（或說卡夫卡式的地景），班雅明（Walter Benjamin）形容得很好，卡夫卡的小說宛如「泥沼世界」，愈掙扎就會陷得愈深。但是人類必然會掙扎，掙扎是人類的天性，人類偏要在沒有答案的世界裡找答案，否則不只無法行動，還會感到莫名的恐懼；就像卡夫卡筆下躲在〈巢穴〉（*Der Bau*）中的動物，無論在巢穴內外都顯得侷促不安——這就是卡夫卡的人類學。逃不出去的困境與尷尬其實是人類自身的執著使然，雖然無論如何都找不到終點，但又說什麼也不願意離開（例如〈辯護人〉〔*Fürsprecher*〕的主角給的理由：否則會浪費時間）。卡夫卡筆下的角色幾乎都困在永無止盡的徒勞無功，困在時間和空間（例如〈日常的混亂〉〔*Eine alltägliche Verwirrung*〕），然後困在自身的被害妄想中（例如〈鄰居〉〔*Der Nachbar*〕）。

當然，人類不會無端陷在困局裡，人類自己對於「意義」的糾結讓自己看不到出口的存在，而且也錯讀了卡夫卡（這裡指的是，不斷想在卡夫卡沒有意義的地方找意義、沒有答案的地方找答案）。人類的行動需要踏足的根基，而「意義」則提供了想像中的立場，為了讓想像中的立場化為真實，人類會有尋找終極因的傾向。只是卡夫卡所處的年代已經不再無條件地將終極因歸給神，也沒有哪位君主能將一切操之在手並負起全責；市井小民最能感受到的反而是一雙看不見的手，這雙手決定了大家的生計，甚至把人變得不再像人（異化），但是大家終其一生都看不見那雙手到底在哪裡。這種意義來源不明卻要為意義疲於奔命的現象，也表現在卡夫卡筆下，尤其是〈中國長城建造時〉（*Beim Bau der Chinesischen Mauer*），精準地呈現出「分工」與「意義不明」的當代困境。

荒謬本質，卻足以承載生命力

但是卡夫卡的作品並不虛無，也不總是走投無路。其實卡夫卡的「解方」很簡單：不要執著，因為執著都不會有好下場。與卡夫卡同一個時期的德國作家圖霍爾斯基（Kurt Tucholsky）在讀過《在流放地》之後說：「毫無疑問，就像克萊斯特。」這個評論非常準確，因為克萊斯特（Heinrich von Kleist）同樣擅長拿人的執著做文章，在他筆下的執著總會落入血淋淋的下場，例如腦漿噴滿牆壁或是徒嘴分屍（大概是那根穿過額頭的鋼針讓圖霍爾斯基聯想到克萊斯特）。不過卡夫卡並沒有克萊斯特這麼血腥，他反而傾向用不動聲色的筆觸將徒勞無功的執著表現出來，讓人類透過他的作品照見自己的模樣，並且時不時為人類指明離開迷宮的出口：「放棄吧，放棄吧。」（〈放棄吧！〉〔*Gibs auf!*〕）、「你只要換個方向跑就好了。」（〈小寓言〉〔*Die kleine Fabel*〕）、「這只是一場測驗。沒辦法回答問題的人就能通過測驗。」（〈測驗〉〔*Die Prüfung*〕）。如果人類的世界已然荒謬到不知去向、徒勞無功、沒有意義，那麼只要拋開人（Person）的身分、重新回歸人類（Mensch）或與動物無異的本質就好了。

問題是，〈變形記〉也告訴我們，在自己的小世界（房間）裡可以當隻蟲子，但是只要開始與人互動，就無法維持這種原始的模樣——更何況人類必須仰賴他人才有辦法存活（在分工的社會裡尤其如此）。人類最終極的痛苦就在於永遠無法化解「生命」與「生命力」之間的辯證，變形本是生命力的展現，卻必須以生命作為代價。然而，就像亞里斯多德（Aristoteles）認為古希臘的悲劇能帶來心靈的清洗（Katharsis），班雅明認為德意志的悲劇是一種指向重生的雙重獻祭：也許人世從來就沒有終極的解方，但是世人肯定能在卡夫卡的作品中找到承載著生命力的餘地。

本書收錄了卡夫卡指名的這六篇小說（其中〈判決〉、〈司爐〉、〈變形記〉、〈在流放地〉是單行本，〈鄉間醫生〉、〈飢餓藝術家〉是小說集的代表篇名），祝福像K（讀音：卡）一樣卡在泥沼的人們，都能藉由卡夫卡的美學空間得到暫時的釋放。

目錄

輯II 人相

那就是惡意欺壓。」

「男孩從被子下起身，他把手掛在我的脖子上在我耳邊低語：『醫生，讓我死吧。』我環顧四周，沒人聽見這句話。」

附錄

關於這六部指標作

〈變形記〉（Die Verwandlung）

這部是法蘭茲・卡夫卡於一九一二間完成的中篇作品。當時付梓印刷長度約為七十頁，被認為是卡夫卡有生之年完成並出版的中短篇作品中最長的一篇。首次公開發表是一九一五年，刊登在文史上非常重要的表現主義派月刊《*Die weißen Blätter*》十月號。以單書的形式出版於一九一五年12月。

〈判決〉（Das Urteil）

此篇最初的標題是「給Felice B的故事」（Eine Geschichte für Felice B.），一九一二年完成，一九一三年出版。根據卡夫卡的日記，上面在一九一二年九月23日記載，在九月22日這個夜晚他只花了八個小時，就將這個故事完成。這一晚被視為卡夫卡成為世界著名文學作家的誕生之夜。對於這部作品的形成過程，卡夫卡如此描述：「它就像真正的分娩一樣，覆蓋著髒污和粘液從我的身體裡面出來。」

〈在流放地〉（In der Strafkolonie）

這篇是一九一四年十月卡夫卡於休假時寫成的，但卡夫卡當時其實真正在寫的是小說《審判》（*Der Prozeß*）。一九一六年11月，作為文學講座系列之一，卡夫卡在慕尼黑向為數不多的觀眾朗讀此作品，里爾克（Rainer Maria Rilke）當時也在場。根據傳聞，有幾名女聽眾在聽著朗讀出的殘酷暴行片段時甚至暈倒。當時對這個作品的迴響普遍是負面的，一家報紙評論甚至將卡夫卡列為喜歡嚇人的作家。卡夫卡原計畫將《在流放地》與《判決》、《變形記》一起以書名「刑罰」（Strafen）出版，然而他的出版商認為這樣的主題會影響銷售。直到一九一九年出版人庫爾特・沃夫才以單篇的形式出版。他寫給卡夫卡的信（於一九一八年十月11日）中，說道：「……這部是我非常喜歡的作品，即使我對它的喜愛也混雜著對恐怖題材的驚人強度，而感到不舒適與恐懼……」

〈飢餓藝術家〉（Ein Hungerkünstler）

此篇於一九二二年首次發表刊登在《新評論報》（*Die neue Rundschau*）上。一九二四年作為書籍標題，與另三篇作品一起結集出版。作品中，四部中有三部都帶著嘲諷的視角描述藝術家的生活，並有半數作品出現馬戲團人物。在卡夫卡作品可見，藝術家與觀者之間是多麼無法互相理解：藝術家的藝術展演是受內在的強度需求所驅使；而觀眾只想要短暫的被娛樂取悅。

〈司爐〉（Der Heizer）

這篇發表於一九一三年。據聞是深得作者喜愛的一部，後來卡夫卡用它作為當時他著手的長篇小說《美國》（*Amerika*）的第一章（這部長篇後來未完成），不過「美國」這個標題是他的編輯友人馬克斯．布羅德取的。根據卡夫卡身後的手稿發現，題目應更正為《失蹤者》（*Verschollenen*）。出版商曾「非常熱切並如此急迫地」請求卡夫卡出版這部長篇作品，但卡夫卡生前最終並未被說服，他認為所寫的不合他的標準。

〈鄉村醫生〉（Ein Landarzt）

這篇完成於一九一七年，一九一八年被收錄於《新文學創作：一部年鑑》（*Die neue Dichtung. Ein Almanach.*）問世，由萊比錫的出版社（Kurt Wolff Verlag）出版。一九二〇年以《鄉村醫生》為書名，結集卡夫卡於一九一四年至一九一七年間的十四篇作品。這本書的最開頭，是卡夫卡的題詞：「獻給父親」。

（編輯室整理）

輯一

變形記

Die Verwandlung

I.

當格雷戈爾・薩姆沙（Gregor Samsa）有一天早上從驚悸不安的夢中醒來時，發現自己在床上變成了一隻巨大的、令人憎惡懼怕的害蟲。他躺在盔甲般堅硬的背上，把頭稍稍抬高，看到自己的圓圓拱起、棕色的、被弧線箍緊分成一區一區的腹部，但被子倒是隨時準備下滑，已經蓋不住肚子，而與他正常的樣貌相比，那細瘦得可憐、數量很多的腿在他眼前無助地不斷晃動。

「我怎麼了？」他想。這不是夢境。他的房間，一個真正的、只是有些太小的人類房間，安靜地躺在他熟悉的四面牆之間。房間裡桌面上散亂堆放著攤開的布料圖案樣品──薩姆沙是銷售業務員，這張桌子上方掛著的，則是他剛剛從畫報雜誌上剪下，裝進一個漂亮的鍍金框裡的照片。照片裡展示著一位女士，她戴著毛皮帽子和毛皮圍巾，筆直地坐著，並朝看著照片的人，手中舉起厚重得讓她前手臂消失的毛皮袖籠。

格雷戈爾的眼光接著轉向窗外，雨滴敲打在鐵皮窗台上淅瀝可聞，混濁的天色讓他憂鬱。「如果我再繼續睡一下，忘掉這些愚蠢的事，會怎麼樣？」他想。但是這個方案完全不可行，因為他習慣側睡右邊，而以他目前的樣態，這種姿勢他不可能辦到。無論他用什麼力道把自己甩向右側，總是又盪回到仰臥。試到一百次左右時，他將眼睛閉上，避免看到那些掙扎的腿。當他開始感覺到身體一側一種從未被察覺的，輕微且悶悶的疼痛時，他才停下。「天哪，」他想，「我怎麼選了一個這麼艱苦的職業！每天都在外奔波，馬不停蹄。比起坐在辦公室的工作，我的工作壓力大得多，而且還加上出差的磨難：擔心轉車接不上，吃飯時間不規律、食物糟糕，還有不斷更替、不會持久也永遠不會交心的人際關係。媽的，這些都去死吧！」他感到肚子上微微發癢，為了好好抬頭，他仰躺著慢慢往床柱挪去。他看到發癢的地方，上面佈滿了許多他不知道從哪來的小白點。他想用一條腿去觸碰，但馬上又縮了回來，因為一碰到他立刻全身發顫。

他身體下滑，重新回到原來的位置。「過早起床，」他想，「讓人腦袋變成糊糊。一個人要有足夠的睡眠才好。其他出差的人活得像后宮嬪妃一樣，例如我發現早上辦完事回旅店要註記爭取到的訂單時，這些先生們才開始享用早餐。我要是也像他們一樣，老闆早就讓我捲鋪蓋走路了。不過，誰知道這對我未嘗不是好事。如果不是因為父母而克制自己，我會去直面老闆，坦白發自內心的想法，好叫他跌破眼鏡！而他高高在上地坐著跟員工交談的方式，真的有夠奇葩。尤其因為他自己重聽，員工說話還得靠近他。好了，還不需要放棄希望。只要我攢夠錢，把父母欠他的債還清，應該再五到六年的時間就可以，到時我一定要辭職。那麼，我人生的一個大步就跨過去了。現在我暫時還必須起床，我的火車五點就要開了。」

然後他朝床頭櫃上滴答滴答的鬧鐘看一眼，「糟了！」他想。鬧鐘顯示六點半，指針靜靜地繼續往前走，現在甚至已經過了六點半，接近六點四十五了。鬧鐘不是應該要響的嗎？從床上看過去，他明明就清楚地設定四點，鬧鐘應該響過。可是，響起來連家具都會震動的鬧鈴，他有可能不為所動繼續沉睡嗎？而

12
9
3
6
2024

且，他睡得並不安穩，但是也許因為這樣，所以睡得更沉。他現在該怎麼辦？下一班火車七點出發，為了趕上，他必須瘋狂拚命。但是樣品還沒有收拾打包，他自己也完全不覺得整個人特別清新有動力。再就是就算火車趕上了，也免不了老闆一頓風神叱吒，因為低賤的員工僕役就該去等五點的早班車，錯過了也早該向上頭秉報瀆職行為。這種人是老闆創造出來的生物，沒有脊椎也沒有大腦。現在呢？要請病假嗎？請病假會非常難堪而且讓人生疑的，因為格雷戈爾自工作這五年來，沒有生過一次病。老闆絕對會找保險公司的醫生一起來，絕對會因為兒子偷懶而斥責父母。所有的異議都會因保險醫生的診斷而斬除，因為在這些醫生眼裡，所有的人都是健康的，沒有生病的人，只有不想工作的人。此外，他自己在這件事上難道完全沒有錯？除了睡了這麼久之後仍然睏倦之外，格雷戈爾真的感覺良好，而且還特別的餓。

當他急迫地思考這一切，無法決定要不要下床時，鬧鐘報時六點四十五分，而且位於床頭的門傳出小心翼翼的敲門聲。

「格雷戈爾，」有個聲音叫道——是母親——，「現在六點四十五了，你不是要出門嗎？」這麼輕柔的聲音！當格雷戈爾聽見自己回答的聲音，竟是完全辨認不出是往常的自己的聲音，而且在聲音裡還帶著似乎從體內深處發出的無法抑制、痛苦的吱吱聲，他大吃一驚。而這個吱吱聲只在一開始時保留他說出的語句清晰度，而且還像是要將語句的餘音破壞，讓人不知道最後是否正確地聽見。格雷戈爾想要詳細回答，解釋一切，但是身體被限制在這種狀況下，他只能說：「是，媽媽，我這就起床。」因為木門阻隔，格雷戈爾聲音起了變化在外面應該也沒有被注意到，母親聽完他的解釋後平靜下來，拖著腳步走開了。但是這個簡短的對話讓其他的家庭成員察覺到，格雷戈爾違反預期地仍然在家，於是房間另一邊的門響起父親敲門的聲音，輕輕地，但是用的是拳頭。「格雷戈爾，格雷戈爾，」他叫道，「怎麼了嗎？」片刻過後他重新用更低沉的聲音警告著：「格雷戈爾！格雷戈爾！」從另一側妹妹的聲音在門後響起：「格雷戈爾？你不舒服嗎？你需要什麼嗎？」格雷戈爾朝兩邊一起回答：「我已經好了。」透過最精緻講求的咬字以及每個字之間插入長長的停頓，他努力去除聲音裡所有的異常。雖然父親回頭去吃他的早餐了，但是妹妹卻悄聲說：「格雷戈爾，開門，我請求你。」格雷戈爾根本不想開門，相反地，他慶幸自己採取了出差在外過夜時的謹慎做法，夜裡會將所有的門都鎖上。

他首先想要安靜不被打擾地起床更衣，尤其是吃早餐，然後再來思考其他事。因為他早就察覺，在床上想事情通常得不到理智的結論。他記起，他時常也會在床上感到也許是臥姿不正確所導致的輕微疼痛，但在起床後往往發現是虛驚一場。他現在等不及想知道，今天的感覺會如何漸漸消散。聲音的改變只不過是重感冒的前兆，對這一點他是深信不疑的，而重感冒只不過是常常出差的人免不了的職業毛病。

掀開棉被並不困難，他只需深吸一口氣讓肚子鼓起來，被子就自己掉下去了。但是之後的一切就困難了，特別是因為現在他的身體寬得很不像樣。通常他只需要使用手臂和手就能夠起身，但是現在他既沒有手臂也沒有手，取而代之的

是很多他控制不了的細細的腿，每條腿不斷地做著個別不同的動作。每當他想彎曲一條腿，這條腿首先做的卻是伸直。而當他終於能夠成功地指揮這條腿遵循他的意願，其他所有的腿卻彷彿被自由釋放了，全部都以最高度或痛苦的興奮揮動著。「怎樣都好，就是不要像廢物一樣地躺在床上。」格雷戈爾對自己說。

他首先想讓下半身離開床上，但是他的下半身，順帶一提，他還沒有看到也無法想像，結果證明確實很難移動。移動過程是如此地緩慢，當他失去耐心，瘋狂地用盡全力，不顧一切往前挪動時，他選錯了方向，結果重重地撞上床尾的床柱，而他所感到斷裂似的疼痛教會他了解，正好就是他的下半身是他目前最敏感的部分。

因此他嘗試先讓上半身離開床，小心地轉頭去靠近床緣。這個動作也很容易就辦到了，雖然他的身體又寬又重，但是全身還是慢慢地跟著頭轉動。當他終於將頭伸出床緣懸空時，他對以這樣的方式繼續挪動感到害怕起來，因為他若以這個方式掉下床，除非奇蹟發生，他的頭才不會受傷。而他現在無論如何不想受傷昏迷，還是留在床上吧。

而當他和先前一樣，費力地將自己挪回原位後，又像先前一樣地仰躺著，嘆息地看著他的細腿可能比之前還更亢奮地互相交相爭鬥，而在這種限制下竟仍找不到恢復平靜和秩序的可能性，他重新對自己說，他不能一直躺在床上，而最明智的做法就是犧牲一切，如果透過犧牲還有一線希望，可以不再被束縛床上的話。同時他也沒有忘記不時提醒自己，比起絕望的孤注一擲，冷靜以及最理性的思考要好得多。在這種時刻他向來盡可能將目光專注地投向窗外，但不幸的是，他所看到的晨霧甚至遮蔽了狹窄街道的另一邊，並沒有讓他獲得太多信心或快樂。「已經七點了，」當鬧鐘報時時他對自己說，「已經七點了，晨霧還是這麼濃。」他呼吸微弱靜靜地躺了一會兒，彷彿期待在完全的寂靜中，真實與自然的狀態會再回返。

不過他還是對自己說：「鐘敲七點十五分之前，我一定必須完全離開這張床。而且到那時候一定也有人從公司裡過來看我了，因為七點公司就開門了。」

他現在開始努力，以全身長度的身軀都在搖晃的方式下床。如果他以這個方式掉下床，那麼顧及他的頭，他打算掉下床時奮力將頭部抬高，預計如此才不會受到傷害。背部感覺應該很堅硬，掉到地毯上應該不會發生什麼事。最讓他擔心的是掉下床時一定會發出的巨大響聲，若門後的人聽到，就算不被嚇一跳，也會引起擔憂。

當格雷戈爾起床才起到一半時──這個新方法與其說是努力，不如說是遊戲，他所要做的就是來回擺動──他突然想到，如果有人來幫他，一切就簡單了。兩個強壯的人──他想到的是他的父親和家裡的女僕──就綽綽有餘。他們只需要將手臂伸進他圓形隆起的背部下方，彎腰像剝皮一樣將他從床上抬起來，然後小心地耐著性子等他完成翻身站在地上的動作，希望這時候他的細腿能夠派上用場。好吧，先不管房間的門都是緊閉的，如果不是的話，他真的會呼救嗎？儘管情況危急，但一想到要呼救這件事，他還是忍不住苦笑。

門鈴響起了，他搖晃的程度已經讓他難以保持平衡，而且也幾乎到了他必須下最終決定的時刻，因為再過五分鐘就七點十五了。「公司的人來了。」他對自己說，身子幾乎僵住，而細腿們卻舞動得更激烈。有一片刻，什麼動靜都沒有。「他們不會開門的。」格雷戈爾陷入某種荒謬的期望對自己說道。但是當然一切如常，女僕踩著堅定的腳步往大門走去，將門打開。格雷戈爾只聽訪客發出第一聲問好，立即就知道來者是誰——公司的法律代表本人。為什麼只有格雷戈爾受到這樣的處罰，會待在一家犯下即使最輕微的疏忽，也會遭到最大懷疑的公司裡工作？難道所有的員工無一例外都是無賴，他們之間難道沒有忠誠奉獻的人，早晨幾個小時的時間若沒有用來處理公司的事，就會因為內疚而發瘋，終至連床都起不來？詢問情況派一個學徒來難道不夠嗎，如果這個情況真的值得來問的話？一定要公司的法律代表親自來？而且他一來到家裡，不就等於告訴無辜的家人，這個可疑事件的調查只能委託給像代表這樣有能力的人？這些想法讓格雷戈爾憤憤不平，讓他用盡全身力氣把自己從床上搖下來的，就是這個怨憤，而不是下定決心的結果。他掉下床時發出一聲響，但是聲音並不是很大。地毯將重物墜地的

聲音減弱了一些，格雷戈爾的背部也比他預期的有彈性得多，他落地的聲音是悶悶的響聲，聲音不是那麼明顯，才不會太被注意。只有頭部他沒有小心護住而撞到。他又氣又痛地轉動頭部，把頭靠在地毯上揉搓。「房間裡面好像有什麼東西掉到地上了。」法律代表在左邊隔壁房間裡說。格雷戈爾試圖想像法律代表身上是否也曾發生過類似今天發生在他身上的事，有這種可能性也是無法否認的吧。似乎像是給這個問題一個粗略的回答似的，法律代表在隔壁房間用一些特定的步伐走動，讓他的漆皮靴子發出嘎吱嘎吱的聲音。妹妹在右邊的隔壁房間低聲告訴格雷戈爾：「格雷戈爾，公司的法律代表來了。」「我知道。」他默默地說，聲音的大小只到妹妹可能可以聽到的強度，他不敢再大聲了。

「格雷戈爾，」現在是父親在左邊的隔壁房間說，「法律代表先生來了，他來詢問，為什麼你沒有坐早班車離開。我們不知道要怎麼跟他說。另外，他想跟你本人說話。請你開門。房間裡很不整齊的話，他會諒解的。」

「早安，薩姆沙先生。」法律代表友善地插話。「他人不太舒服。」父親還在門口說話的時候，母親對法律代表說：「請您相信我，代表先生，他人不舒服。不是這樣的話，格雷戈爾怎麼可能會錯過火車！我兒子腦袋裡除了公司的生意之外沒有別的。我對他晚上從不出門都快生氣了，他最近這八天不是都在城裡嗎？但是他每個晚上都待在家，跟我們一起吃飯，安靜地看報紙或者研究時刻表。做精細木工的時候，就是他的消遣了。比如說他用兩、三個晚上的時間就能刻出一個小小的木框。你會驚訝這個木框有多麼漂亮，格雷戈爾把它掛在自己的房間裡，他一開門，您就會看到了。我還想告訴您，您來了我有多高興。我們自己無法說服格雷戈爾開門，他就是這麼的倔強。雖然他早上不承認，但是他人一定很不舒服。」「我馬上就來。」格雷戈爾謹慎且緩慢地說，但是他一動都不敢動，免得遺漏談話的內容。「我想也是這樣的，女士，」法律代表說。「希望他沒有生什麼嚴重的病。另一方面，我必須說，我們職場工作的人，不知道是該感到遺憾還是幸運，常常因為商業原因必須克服輕微的不適。」「代表先生能進你房間了嗎？」不耐煩的父親重新敲門問道。「不行。」格雷戈爾說。左邊隔壁房間裡陷入尷尬的沉默，右邊隔壁房間裡妹妹開始哽咽。

為什麼妹妹不去跟其他人待在一起？她應該才剛剛起床，還沒有開始整裝。她在哭什麼？因為他不起床，不讓代表進他的房間？因為他將有失去工作的危險，然後老闆就會再追究父母的舊債？擔心這些還言之過早。格雷戈爾還在這裡，想都沒有想過要拋棄他的家庭。此刻他正躺在地毯上，而且應該不會有一個知道他的處境的人，還會要求他讓代表進來吧。但是因為這個小小的無禮行為，日後很容易找到合適的藉口解釋，不能將格雷戈爾即刻解雇吧。在格雷戈爾看來，現在讓他一個人靜靜待著比用哭泣、勸導來打擾他要理智得多。而正是這種不確定性壓迫了其他人，也讓他們的行為有了理由。「薩姆沙先生，」現在是法律代表提高聲音開口叫他，「發生什麼事了？您把自己關在房間裡，只回答『是』和『否』，給您的父母帶來嚴重的、不必要的憂慮，而且——只是順帶提一下——以一種很不像話的方式在執行您的工作業務與義務。我代表您的父母和您的老闆，請求您立即提出明確的解釋。我真的是太驚訝了。我以為我認識的您是一個冷靜、理智的人，現在您似乎突然開始情緒化。今天早上老闆雖然提出一個您為何會疏忽職責的解釋──可能與最近委託給您的債務催收有關，但是我幾乎以我的名譽向老闆擔保，不可能是這個原因。可是現在我看到了您不可理喻的頑固，這讓我為您說話的意願一點都不剩。而且您的工作職位也不是最穩固的。這一切我本來想私下告訴您，但既然您讓我在這裡浪費時間，我就不知道為什麼您的父母不應該也知道這些。最近您的業績很不理想，現在並不是一年中業務的旺季，我們是承認這一點的，但是一年中根本沒有生意的季節，薩姆沙先生，這種季節是不允許有的。」

「代表先生，」格雷戈爾著急得忘了一切，叫出聲來，「我立刻就開門，我有一點點不舒服，輕微的頭暈讓我起不了床，我現在還躺在床上。我已經清爽多了，現在正在從床上下來。請您再耐心地等待一下！我以為我已經好多了，但是並沒有像我想的那樣。不過我現在好了。怎麼會突然發生這種事呢！昨天我還好好的，我的父母也知道的，確切地說昨天晚上我就稍微有點預感。大家應該都看到我不舒服的樣子，我怎麼就沒有先向公司報備呢！然而我們當然總以為一點小病不用待在家裡，撐一下就過去了。代表先生，請您饒過我的父母吧！您責備我的所有事情，都沒有來由，也沒有人跟我說過這些。我最近寄回公司的那些合約，也許您還沒有看到。另外我會去趕八點的火車的，這幾個小時的休養已經讓我恢復了力氣。您不需要留在這裡浪費您寶貴的時間，我馬上就到公司去。請您發發善心向公司轉達我的情況，並且在老闆面前幫我美言幾句！」

當格雷戈爾急匆匆地說完這些，而且完全不知道自己說了什麼的同時，他輕鬆地靠到了桌邊，應該是他在床上勤奮練習的結果，現在他靠著桌子慢慢地站起來了。他真的想把門打開，真的想被人看見，想跟代表說話；他迫切想知道，這些這麼想要見他的人在看到他之後會說什麼。如果他們被他嚇到，那他就不必負責任，可以安心了。如果大家不當一回事，那他自己也沒有驚慌的必要，可以真的出發去火車站趕上八點的車，如果他動作快一點的話。

一開始，他因為桌子滑溜而跌落好幾次，最後他奮力一躍終於站穩；肚子上雖然灼燒一般的疼痛，但他已經顧不到了。他對準最靠近自己的一張椅子的椅背摔進去，用那些細瘦的腿足緊緊抓住邊緣。如此一來他終於可以控制自己，他不再發話，因為他要仔細傾聽代表說話。

「他說什麼你們聽得懂嗎？」代表先生問他的父母，「他不是在愚弄我們吧？」「怎麼可能？」母親哭出聲來，「他可能病得很重，我們還一直在折磨他。小格，小格！」她叫著格雷戈爾。「媽媽？」妹妹從房間的另一邊叫著，她們透過格雷戈爾的房間溝通。「你要馬上去找醫生，格雷戈爾生病了。快去請醫生來。你沒有聽見格雷戈爾說話的聲音嗎？」「像是動物在叫。」代表先生說，比起母親的叫喊，他的音量反而引人注意地輕聲。

「安娜！安娜！」父親從前廳朝廚房大叫，一邊拍著手道：「馬上去叫鎖匠來！」語音未落，兩個女孩像裙底著火般穿過前廳，用力扯開大門──妹妹怎麼這麼快便著好裝？大門關上的聲音沒有出現，她們一定是讓大門開著，好像正在發生不幸的屋子裡會有的敞開的房門一般。

格雷戈爾冷靜多了。他的話語是足夠清晰的，比起之前清楚得多，但是大家仍然不再明白他說的話，可能是他們的耳朵已經習慣摸不著頭緒的結果。雖然如此，現在人們至少相信他情況不太好，開始準備幫助他。

大家帶著自信與沉著最先做出的這些處理安排，讓他感覺很好。他感到自己再次被大家接納，並希望不論是醫生或者是鎖匠都好，都能為他帶來很好的、預期以外的服務。為了在即將到來、決定性的會談上盡可能有清晰的聲音，他輕輕咳嗽，當然他盡量壓低咳嗽的聲音，因為這個聲音也許聽起來跟人類的咳嗽聲不同，對此他已經不敢自己判斷了。隔壁的房間此刻完全安靜下來，也許父母與代表先生正圍著桌邊竊竊私語，又也許每個人都靠在門前傾聽動靜。

格雷戈爾推著椅子慢慢朝房門前進，在門口放開椅子，讓自己摔向房門，緊緊抓住房門站穩——他細腿的腳底肉墊上有一點黏黏的膠質物——然後休息了一會兒，好從剛剛的辛苦中恢復。接著他開始用嘴巴去轉鑰匙孔裡的鑰匙。只是，他嘴裡似乎沒有牙齒，要用什麼來抓住鑰匙呢？沒有牙齒的話，下顎當然很堅硬；有下顎幫忙，他真的讓鑰匙動了，只是他沒有意識到這個動作無疑地在傷害自己，因為一種棕色的液體從他嘴裡流出來，流過鑰匙，滴到地板上。

「聽！」公司的法律代表在隔壁說，「他在轉動鑰匙。」對格雷戈爾來說，這是莫大的鼓舞；大家都應該對他大喊，即使是父母親：「好耶，格雷戈爾，」他們應該叫道，「加油，靠緊鑰匙孔！」腦中想像著每個人都緊張地看著他努力，他用盡全身力氣，想都不想地咬緊鑰匙。鑰匙怎麼轉，他就繞著鑰匙孔跟著轉。現在他只用嘴巴支撐自己，根據情況需要他還把自己掛在鑰匙上，或者用全身的重量再把它按下去。鎖終於彈回來的清亮金屬聲讓格雷戈爾清醒了。他鬆了一口氣對自己說：「原來我不需要鎖匠。」然後他把頭靠在把手上，想要把門徹底打開。

由於他必須用這樣的方式開門，門其實已經相當程度地打開了，但他本人還未被看見。他若不想在進入房間之前就砰地摔個四腳朝天，就必須先慢慢地繞著門扇轉身，而且要非常小心地。當他仍專注在這個困難的動作，沒有時間去注意別的事情的時候，他就聽到代表發出了很大一聲「嘔！」聲音聽起來好像風在呼嘯。而現在他也看見站在離門最近的他，正用手摀住張開的嘴，慢慢往後退，彷彿有一股無形且持續不斷的力量在推動他。而母親——雖然代表先生在場，她還是剛起床的樣子，頭髮蓬亂尚未梳理，她先是雙手合十地看著父親，然後朝格雷戈爾往前邁兩步，跪倒在以她為中心向四周攤開的裙子裡，將臉隱埋在胸前。父親一臉敵對的表情雙手握拳，似乎想把格雷戈爾推回房間卻不知如何是好地環顧客廳，然後用手遮住眼睛，哭得他厚實的胸部都在晃動。

格雷戈爾並不踏進房間，而是在房間裡背靠著牢靠固定住的門扉，身體只顯現一半，身體上半部向一側傾斜的頭可以被看到，而他正在扭頭看向大家。現在天色亮得多了，街對面，一眼望不到底，規律的窗戶使立面橫斷的灰黑色房子的一個部分清晰可見——那是一座醫院。雨持續下著，但是只落下大的、單獨可見以及死板規律地，一滴一滴降到地面上的雨滴。桌上擺著過多的早餐餐具，因為對於父親來說，早餐是他一天中最重要的一餐，他會一邊吃飯，一邊讀各式報紙，他可以將早餐延續好幾個小時。餐桌對面的牆上掛著格雷戈爾在軍中的照片，照片裡的他是少尉，手放在劍上，臉上掛著無憂的微笑，要求著人們尊重他的立場和這身制服。朝向前廳的門是敞開的，客廳的門也是敞開的，因此可以往外看出去，公寓前的樓梯間和向下走的樓梯前端。

「現在，」格雷戈爾說，同時非常確定，他是唯一一個保持冷靜的人，「我會著裝，收好資料就出發。你們、你們要我離開嗎？此刻，代表先生，您明白，我不是頑固的人，我很願意工作。出差是辛苦的，但是不出差我無法生活。您要去哪裡，先生？去公司嗎，是不是？您會將一切如實稟報嗎？人總有沒能力也無法工作的時候，但是這不就正好是時候回想過去的成就，並去思考等到無法工作的障礙消除之後，如何更加勤勞、更專心致志地工作。我對老闆有多大的責任義務，這您相當清楚。另外，我還要撫養父母和妹妹。我現在無法翻身，但是我會努力工作擺脫這個困境。請別讓我的處境變得比現在更困難。在公司裡請站在我這一邊！大家都不喜歡跑外務的人，我知道。人們都覺得，跑外務的可以大把大把鈔票地賺，過著滋潤的生活。他們沒有什麼特殊的理由需要更加思考這是不是偏見，但是您，法律代表先生，你比其他工作人員更了解狀況，不僅如此，我們私下來說，比起身為企業家，那些在判斷上很容易受到影響而對員工不利的老闆本人，這點您更了解狀況。您也深知，幾乎整年都不在辦公室的外務很容易成為流言蜚語、隨口胡謅和毫無根據的怨言下的受害者，而他幾乎不可能為自己辯解，因為對這些事情他通常一無所知，只有當他筋疲力盡地結束差旅回到公司，才切身感受到這些已不再知道原因的誤解與可怕後果。代表先生，請別一句話都不說就走，請讓我知道您至少在某種程度上同意我的觀點！」

公司的法律代表在格雷戈爾說出第一句話時，就已經轉身離開。他只聳了聳肩膀，噘著嘴回望格雷戈爾。當格雷戈爾在說這一番話時，他一刻也沒有停留，而是眼睛監看著格雷戈爾並朝門口走去，動作非常緩慢，彷彿有祕密禁令，禁止他離開。他人已經在前廳，而從他最後一次把腳從客廳提起的匆忙動作來看，會以為他剛剛燒傷了腳底。然而他在前廳裡卻將右手盡可能遠地伸向樓梯，彷彿在那裡有超越凡世的救贖在等著他。

格雷戈爾深知，這樣一來他在公司裡的職位會被嚴重地影響，在這種情況下他應該絕對不能讓法律代表離開。父母對這一切還無法理解；長年下來他們已經相信格雷戈爾終其一生會在這個公司工作，更何況他們現在要應對眼前的憂慮而失去遠見。但是格雷戈爾沒有失去預先有的洞見，法律代表必須被攔下、被安撫、被說服，最終還要贏得他的心；格雷戈爾的未來和他的家庭都懸此一線。如果妹妹在就好了！她很聰明，當格雷戈爾還肚子朝天躺在床上無法翻身時，她已經哭了。像法律代表這樣會維護女性的紳士，一定會因為妹妹而轉移注意力；她會將大門關上，在前廳說服他不需再恐懼。但是妹妹剛好就不在，格雷戈爾必須得自己處理。他離開了門扉，沒有去想自己還不熟悉的行動能力，也沒有考慮到他可能再次不被理解的話語，就將自己擠進門口，想要去那位現在雙手已經可笑地抓著樓梯間欄杆的法律代表那裡，但是他一離開卻馬上低聲一叫，跌在他那些細細的腿上，一邊還嘗試抓住什麼東西來穩住身體。他剛剛一落地，就感覺到自早上以來第一次身體上的舒適感；細腿下的是實地，注意到每條腿都很聽話他很高興，而且這些腿足甚至還努力地乘載著他，到他想去的地方，他忍不住相信，所有的苦難即將結束。但是同時，當他在離母親不遠，面對母親的地板上緩慢地移動時，似乎在沉思的她卻突然躍起，手臂大張，十指張開，大叫：「救命！老天爺，救命哪！」她側著頭，似乎想更清楚地看格雷戈爾，卻正好相反地，她毫不覺察自己在後退，忘記她身後恰好有一張桌子，當她一碰到桌子時，想都沒想就急忙想坐上去，完全沒有注意到她旁邊的咖啡從翻倒的咖啡壺裡正全速往地毯上傾灑。

「媽，媽，」格雷戈爾抬頭看她，小聲叫道。此刻他把法律代表完全拋在腦後，同時他無法忽視流淌的咖啡不管，多次抬起下巴在空中接住。母親看見這副景象，再度尖叫，她從桌上逃離，跌進急急朝她走來的父親的懷裡。但是格雷戈爾管不了父親了，法律代表已經在下樓梯，他的下巴在扶手的高度，那是他最後一次回頭看。格雷戈爾為了能夠追上他開始跑起來，法律代表應該猜到了，因為

他一次躍下多級階梯然後消失，「呼！」他鬆一口氣的聲音響徹樓梯間。不幸的是，法律代表逃難似地離開，到目前為止還算鎮定的父親因此徹底被擾亂。他自己不親自去追法律代表，或者至少不要妨礙格雷戈爾也就算了，還右手抓起法律代表的物品，以及和帽子、大衣一起忘在單人扶手沙發上的手杖，左手從桌上抄起一份厚厚的報紙，然後一邊跺著腳，一邊揮動手杖和報紙驅趕格雷戈爾回他的房間。

而母親那邊，雖然天氣還冷，她卻拉開一扇窗戶，探出身體，把臉遠遠地推到窗子外去。樓梯間和巷子之間產生了一股強烈的穿堂風，窗簾被風揚起，桌上的報紙也簌簌作響，甚至有幾張被吹落在地上。父親無情地催促，像野蠻人一樣發出嘶嘶聲。只是格雷戈爾還沒有學會如何倒退，所以動作很慢。格雷戈爾如果可以轉身的話，他會立即進入自己的房間，但是他怕轉身耗時太久讓父親不耐煩，父親手中的棍子威脅著，有如隨時都會對他的背部或頭部進行致命一擊。最後，格雷戈爾別無選擇，因為他驚恐地發現，自己在倒退時甚至不知道如何保持正確的方向；於是在不斷偷偷驚慌地看著父親之下，他開始盡速地轉身，但實際上卻是非常緩慢。也許父親察覺到了他的良好意圖，因為他並沒有阻止他轉身，而且還用手杖尖端從遠處指揮著他如何轉彎。如果父親不發出噓聲多好！格雷戈爾在噓聲中完全無法思考。他幾乎已經完全轉過身來了，就是聽從這個噓聲，他又混亂地轉了一點回來。當他高興得將頭部對準門口時，卻發現他的身體太寬，根本無法進門。父親在現在的心智狀態下，也沒法想到要幫他把另一邊那扇門也打開，讓格雷戈爾有足夠的空間可以進入房間。他一心就只想要格雷戈爾盡可能快速地回他的房間去。格雷戈爾為了進門必須站起來，而為了站起來需要麻煩的準備功夫，這他永遠不可能被父親允許，他寧願好似沒有障礙地發出噓噓聲驅趕格雷戈爾前進；在格雷戈爾身後，這個聲音聽起來不再只像是一位父親；現在真的不再有趣了，格雷戈爾不管後果全力擠進門裡，他身體的一側被抬高，整個人是斜的，他的一個側面被磨得皮破血流，白色的門上留下醜陋的污跡，沒有多久他就卡住了，靠他自己力量的話就一動都不能動。他一側的腿懸在空中顫抖，另

2024 正

一側的腿則痛苦地被壓在地上，父親這時候從後面用力給他真正解脫的一推，他遠遠地飛進了自己的房間，身上血流不止。門還被手杖關上，然後一切終於安靜下來。

II.

到了傍晚，格雷戈爾才從昏迷的沉睡中醒來。若是沒有任何干擾，他也是不久之後就會醒來，因為他覺得自己已經充分休養好、睡夠了。然而他感覺自己是被一陣匆匆的腳步聲，和通往前廳的門被小心關上發出的聲音吵醒了。天花板上四處瀰漫著映照而來的蒼白的街燈，家具較高的部分也染上光暈，但是房間下方格雷戈爾的所在處卻是陰暗的。用他現在才學會欣賞的觸角，他笨拙地摸索著，慢慢地移動到門邊，想查看發生了什麼事。他身體的左側似乎只是一條很長的、漲痛得很不舒服的傷疤，兩排腿必須一瘸一拐，另外，其中一條腿在早上發生的事裡還受了重傷——只有一條腿受傷可以說是奇蹟了——現在這條腿毫無知覺地在後面拖著。直到他到達門前，他才知道，誘引他來到門口的原來是食物的香味。那裡放著一個裝滿香甜牛奶的寵物碗，牛奶裡面漂著小片小片的白麵包。他高興得幾乎笑出來，因為此時他比早上更餓，馬上迫不及待地把頭埋進牛奶裡，幾乎連眼睛都埋進去了。但是他馬上失望地又抬起頭，不僅因為他棘手的身體左側令他很難進食，而且還因為只有全身氣喘吁吁地努力配合下，他才能吃東西，如此一來原本是他最愛喝的飲料即這種牛奶——肯定也是這個原因，妹妹才將它放進房間，也變得味同嚼蠟。幾乎帶著反感，他從碗前轉身走開，爬回他房間的中央。

如格雷戈爾透過門縫所見，客廳裡的燈已經亮起。通常一天中的這個時候，父親習慣高聲讀出下午發刊的報紙給他的母親聽，有時候也讀給妹妹聽，但是現在卻聽不到任何聲音。他的妹妹曾一再敘述並寫信告訴他的朗誦情況，也許最近不再付諸實行。雖然客廳裡肯定不是空無一人，周遭仍是這麼的安靜。「我們家過的是怎麼樣安靜的生活啊！」格雷戈爾對自己說，在眼神瞪視著前方黑暗的同時，他對自己能為父母和妹妹提供這麼好的公寓、這麼好的生活感到很驕傲，但是如果現在所有的平和、富裕、滿足，都在恐懼中結束該怎麼辦？為了不讓自己陷入迷思，格雷戈爾寧願動起來，在房間裡來回爬行。

這漫長的夜晚中，一側的門和另一側的門都曾被打開了一條小縫，然後很快地又關上，看來某個人很想進來，但是又顧慮很多。格雷戈爾立刻在客廳門前停下，決定不論如何要將這個猶豫不決的訪客帶進來，或者至少找出這個人是誰；但是現在門又不開了，格雷戈爾徒勞地等著。之前當門還是上鎖的時候，每個人都想進來找他。現在有一扇門是沒有鎖的，而另外的門在白天的時候顯然被打開過，卻沒有人來了，而且鑰匙也都在外面插著。

直到夜深了，客廳的燈才熄滅。現在很容易確定父母和妹妹到現在還沒有睡，因為可以清楚地聽到他們三個正踮著腳尖離開客廳。肯定直到早上都不會有人來找格雷戈爾了，他有很長的時間可以好好思考如何安排新的生活。但是他被趕進來，只能平躺在地上的房間裡面空蕩蕩的，天花板很高，讓他莫名地感到恐懼，即使恐懼的原因他不明白，畢竟這是他居住了五年的房間。他半無意識地轉身，帶點羞愧地跑到長沙發底下，他一躲進去立刻就覺得很舒服，儘管他的背有點被壓到，頭再也抬不起來。他唯一覺得可惜的是身體太大了，無法完全躲進沙發底下。

他在沙發下度過了一整夜，這一夜他一半時間在睡覺，但是飢餓又不斷地把他從睡夢中驚醒，另一半則在憂慮和不確定存在的希望中度過，推演這些希望的結果都是他得暫時保持冷靜，透過家人的耐心和最大的體諒，使一切不便都可以忍受，而這樣的不便也是因為他目前的狀況，被迫給家人帶來的。

一大早，幾乎還是黑夜的時候，格雷戈爾就有機會測試他剛剛才下定的決心，因為從前廳那邊，幾乎已經穿戴整齊的妹妹將門打開了，正緊張地往裡面看。她沒有馬上看到他——他應該在房間裡某個角落啊，難道他飛走了？——但是當她在沙發下發現他時，受到不小驚嚇，讓她無法自制地把門從外面重重關

2024

上。好似後悔她的行為，她立即又把門打開，並以有如探看一個重病的人或者一個完全陌生的人的步態，踮起腳尖走進來。格雷戈爾把頭伸到剛剛好是沙發邊緣，觀察著她。看她是否會注意到牛奶還剩在一旁，他沒有喝不是因為他不餓，而是想看她是否會帶來其他更適合他吃的食物？如果她沒有主動這麼做，他寧願餓著肚子也不會提醒她，即使快遏止不住想衝出沙發跪倒在妹妹腳邊的念頭，想請求她帶些好吃的來給他。但是妹妹馬上發現寵物碗裡還是滿的，只有碗邊濺出一些牛奶，她很驚訝。她馬上把碗拾起，但不是徒手，而是用一塊破布盛起，然後端出去。格雷戈爾非常好奇她會拿什麼來取代牛奶，對此他有各式各樣的想像。但是他怎麼也猜不到，妹妹為了他真正做了什麼。她為了測試他的口味，把所有的選項都帶進來了，全部攤在一張舊報紙上，裡面有半腐爛了的蔬菜、晚餐剩下的骨頭浸在凝固的白醬裡、一些葡萄乾和果仁、一塊幾天前格雷戈爾說過已壞掉的乳酪、一塊乾掉的麵包、一塊塗了奶油撒了鹽的麵包。除此之外她還在所有的食物旁邊，放了一個可能以後只給格雷戈爾使用的寵物碗，並在碗裡注入清水。而且她知道，格雷戈爾不會在她面前進食，所以體貼地盡可能快速離開，將房門上鎖，讓格雷戈爾知道他可以按照自己的舒適程度進食。現在可以吃飯了，他的小腿們快速地移動。他的傷勢應該已經完全好了，他沒有感覺到任何障礙，為此他很驚訝。他想到一個多月前手指被刀劃傷，前天傷口還在痛呢。

「我現在精細的感覺比較不敏銳了嗎？」他一邊想，一邊已經貪婪地在吸吮乳酪，所有的食物中令他受強烈地吸引，立刻想吃的就是乳酪。很快地一個接一個，帶著滿足的淚水，他吃完了乳酪、蔬菜和醬汁；反之，新鮮的食物他覺得不好吃，連味道他都受不了，他甚至把自己要吃的東西拖開一些。當妹妹轉動鑰匙示意他要撤離食物時，他早已吃飽，懶散地躺在原來的位置上。鑰匙轉動的聲音嚇了他一跳，雖然他幾乎已經睡著了，還是快速地躲回沙發下。但是即使妹妹在房間裡的時間很短，他也需要極大的自我克制以不離開沙發下，因為豐盛的大餐讓他的身體變得比較圓潤，他被沙發下的狹小空間壓得幾乎無法呼吸。他輕微感到窒息地，用稍被擠壓而凸出的眼睛看著什麼都不知道的妹妹，不僅用掃帚把他

吃剩下的食物掃起來，就連格雷戈爾根本沒有碰過的食物也都一起掃掉，好像這些也全不能再使用了，看著她急急地將所有的東西倒進一個桶子裡，用木蓋蓋上，接著將所有的東西都搬出去。她一轉身，格雷戈爾就從沙發底下爬出來伸展自己，讓壓扁的身體鼓脹回來。

用這種方式格雷戈爾可以每天得到他的食物，一次是早晨，當父母與女傭還未起床的時候，第二次是大家用完午餐後，因為父母吃過飯後同樣會上床小憩，而女傭會被妹妹用買東西的藉口支走。他們當然不希望格雷戈爾挨餓，只是也許他們除了聽說的之外，也無法忍受或更深入地了解他吃什麼；也許妹妹想讓他們盡可能少一點悲傷，因為他們受的苦其實已經夠了。

那一天早晨，家裡是用什麼藉口把醫生和鎖匠請出去，格雷戈爾無從得知。因為他說的話沒有人聽得懂，所以也沒有人想到，甚至妹妹也沒有想到，他是聽得懂別人說的話的。因此當妹妹在他房間裡的時候，他就只能滿足於聽到她的嘆息和呼喚上帝、瑪麗亞。直到之後當她對這一切稍微習慣了──完全習慣是不可能的——格雷戈爾才偶爾會聽到幾句善意的，或者可以被如此理解的話：「今天他覺得東西很好吃。」當格雷戈爾把東西吃光光時，她會這麼說。相反的情況下，而這種情況也越來越頻繁，她就會近乎悲傷地說：「又全部都剩下了。」

格雷戈爾在這段時間雖然無法直接得知任何消息，但是他從隔壁房間卻聽到了一些事情，只要一聽到聲響，他就會跑到相應的門前，全身貼著門仔細傾聽。尤其是他變形之後的第一時間，沒有任何對話內容不是與他有關的，雖然都背著他祕密進行。整整兩天，每天吃飯時都聽到建議現在應該怎麼辦的言語，而且三餐之間的時間也一樣在談論相同的話題，因為家裡總會留下至少兩個成員，沒有人願意一個人單獨待在家，而在任何情況下家裡都不能沒有人在。女傭——她對發生什麼事以及狀況並不完全清楚，在第一天就乞求母親立刻解僱她。接著她在一刻鐘後前來告別，含淚感謝主人解僱她，好似這是賜給她的最大恩惠。而且沒有人要求她，她就發了毒誓，保證哪怕是最微小的事都不會告訴任何人。

現在連妹妹也要跟著母親下廚了，不過這並不會太麻煩，因為大家幾乎什麼都吃不下。格雷戈爾不只一次地聽到一個人徒勞地要另一個人吃飯，卻除了「謝謝，我吃飽了。」或者類似的回答以外，沒有任何回應。也沒有人喝什麼酒。妹妹經常問父親，他是否想喝點啤酒，而且還誠意地想要親自去買酒來給他，父親沉默不語，她便說，為了不讓他擔心，她也可以請守門的太太去買。然後父親終於大聲說出：「不用。」這件事便再也沒有人提起。

早在第一天，父親就把經濟狀況和前景跟母親以及妹妹都解釋清楚。他不時從桌子旁站起來，並從他五年前生意倒閉時保存下來的收銀機裡，拿出幾張單據票證或記事本。他打開複雜的鎖，取出他要找的東西後，又再鎖上，這些細節都可以清楚聽到。對於父親的這些解釋，是格雷戈爾自被關在房間裡以來，大致上來說聽到的第一件令人愉快的事。他之前一直以為父親的生意沒有給父親留下任何東西，至少父親沒有告訴他他想錯了，而格雷戈爾也沒有問。格雷戈爾當時只想著盡一切努力，讓家人盡快忘記或走出生意失敗造成徹底的絕望。所以他當時開始特別狂熱地工作，幾乎是在一夜之間從一名夥計成為銷售代表，當然銷售員的賺錢方式完全不同，他的工作成果會立即以佣金的形式兌換成現金，這些錢可以擺出來放在家裡的桌子上，讓家人既驚又喜。那真是一段美好的時光，從那以後，雖然格雷戈爾後來賺了很多錢，他有能力而且也確實負責承擔整個家庭的開支，但是這樣的時光再也沒有重演過，即使有也不如當時來得輝煌。大家早已習以為常，無論是家人還是格雷戈爾，家人感恩地接受這些錢，他也很樂意地把錢交出來，但是特別的溫暖氛圍也已經不再產生。只有妹妹和格雷戈爾仍然很親近，她與格雷戈爾不同，非常熱愛音樂，並且知道如何演奏動人的小提琴，他祕密地計畫著明年送她去上音樂學院，不管音樂學院的學費多麼昂貴，不管他是否必須透過其他方式再多賺些錢進來。當格雷戈爾在城裡短暫停留時，與妹妹的談話中就經常提到音樂學院，但是永遠只像是一個美麗的夢，實現這個夢彷彿是不可想像的。父母甚至連單純的提及都不願意聽到。但是格雷戈爾對這個想法已經很明確，打算在聖誕夜鄭重地宣布。

當他直立起來貼在門上傾聽，這些在他現在狀態下變得毫無用處的想法也閃過腦中。有時他因為疲倦而無法再諦聽，頭不小心就撞到門上，但是他總是立刻又抬起頭，因為他發出的聲音再微小，隔壁都會聽到，馬上便一片沉寂。「他現在又在幹什麼！」沉默維持片刻後父親才說道，顯然說的時候還轉向他的門，然後被打斷的談話才又漸漸恢復。

格雷戈爾現在得知——因為他的父親經常在解釋並重複自己的話，部分是因為他自己已經很久沒有處理這些事情了，部分是因為他的母親在聽第一次時，沒有完全理解——儘管種種不幸，昔日還是有一筆微乎其微的財富留了下來，直到現在未曾動用的利息也讓這些資產略有增長。而且格雷戈爾每個月都帶回家的錢——他只給自己留了幾個錢幣（Gulden：舊時在德國和其他歐洲國家廣泛使用的金幣或銀幣），還沒有完全用完，也已累積成為一筆資產。格雷戈爾在門後對此熱切地點頭感到欣慰，想不到家人這麼謹慎和節儉。其實他本來可以用這些多餘的資金去還父親欠老闆的債，那他擺脫這個工作的那一天就會更近來到。但是按照現在情況，無疑的是父親的安排更好。

只是這些錢根本不夠一家人靠利息過活，或許能維持一家人一、兩年的生活，僅此而已。這筆錢只是一筆不能動的錢，得留著以備不時之需；生活費還是必須另外去賺。父親雖然身體健康，但是他已有年紀，而且已經五年沒有工作，應該對自己沒有多少信心。這五年是他辛苦又徒勞的人生中第一個假期，五年間他增重不少，因此變得遲鈍緩慢。難道是患有氣喘，在房子裡走一圈就會累的母親應該去賺錢？她每隔一天就會因呼吸困難而坐在開著窗戶的沙發上。而妹妹該去賺錢嗎？她才十七歲，還是一個孩子，而且到目前為止，她的生活方式一直允許她有漂亮的衣服可穿，很晚才需要起床，家事只需要幫忙，並能參加簡單的娛樂活動，尤其是能拉小提琴。每當賺錢的必要性被提起時，格雷戈爾總是首先放開貼著的門，撲倒在門旁邊涼涼的皮沙發上，他因為既羞愧又悲傷而渾身發燙。

他常常徹夜躺在那裡無法闔眼，在沙發上發出沙沙聲折騰幾個小時之久，或者不怕辛苦地把一張單人沙發推到窗邊，然後爬上窗台，在沙發上撐起身子，靠在窗戶上。顯然對他而言在與自由相關的記憶中，過去最自由的事就是往窗外望。事實上，日子一天天過去，甚至只有一點距離的東西他都看得越來越不清楚。之前他經常抱怨對面的醫院外觀，現在他完全看不到了。而如果他不是確切知道自己住在安靜的，但是完全是市中心的夏洛特街上（Charlottenstraße），他會以為自己看出去的窗外，那裡是一片灰色的天空和灰色的大地之間沒有邊界的荒野。貼心的妹妹每天只需看到單人沙發靠在窗邊兩次，每次收拾完房間她就會把沙發推到窗邊，甚至從此連內窗都開著。

格雷戈爾若能跟妹妹說上話，並謝謝她為他所做的一切，他會更容易接受她的服務幫助，但是他只能在心裡難過。妹妹當然會盡可能地讓事情不那麼尷尬，時間過去愈久，她表現得就愈自然。但是隨著時間消逝，格雷戈爾也對一切愈來愈看在眼裡。她只要一踏進來，在他眼中就已經是十足驚嚇的模樣。她人都還沒有進來，就一點時間都不浪費地跑去關門。儘管她很小心地不讓人看到格雷戈爾的房間，但她會徑直走到窗戶旁邊，急急地把窗戶拉開，就像她快要窒息一樣，儘管天氣寒冷，她還是待在窗邊深呼吸。她急促的腳步和響聲讓格雷戈爾每天驚嚇兩次，他全程躲在長沙發下顫抖，卻很明白，如果她在格雷戈爾的房間裡能忍受窗戶是關著的話，她一定不會這樣傷害他。

有一次，應該是自他變形成蟲之後一個月，妹妹對格雷戈爾的外表已經沒有大驚小怪的理由，她比平常稍微早一點就進房間，遇到格雷戈爾以令人害怕的站姿一動也不動地看著窗外。如果她因為他所站的位置會阻礙她一進門就先開窗戶，那她乾脆就不進房間了，對格雷戈爾來說，這是可以預期的。可是她不但不進房間，而且還即刻退出門口，將門上鎖。一個不認識他們的人可能會想，格雷戈爾在房間裡潛伏著，等著要咬她。格雷戈爾當然馬上躲回去沙發下面，但是到下一次妹妹進來，他必須等到中午，而且她似乎比起平常還要更加緊張。從這裡他可以看出，他的外表於她而言仍是無法忍受，而且也不會有習慣的一天，即使她只是看見他從沙發底下伸出身體的一小部分，她也必須克制自己不能逃走。為了不讓她看見自己，有一天他把沙發上的亞麻布覆蓋在自己背上——他花了四個小時才完成這項工作——並把布完全地遮蓋住自己，這樣即使妹妹彎腰，也看不見他了。若她認為這塊布沒有必要的話，她大可把它摘下來，因為把自己和外面完全阻隔，格雷戈爾並不覺得舒適，這不是很清楚嗎？但是她讓格雷戈爾繼續躲在布裡，格雷戈爾甚至覺得，當他小心地用頭把布掀開一點點，察看妹妹對這個新的安排是不是能接受時，看到了妹妹感激的目光。

一開始的十四天裡，他的父母無法進來看他。而他經常聽到他們稱讚妹妹現在做的事，雖然以前他們常常生妹妹的氣，因為她似乎沒有什麼用處。但是現在妹妹在房間裡打掃時，父母經常在格雷戈爾的房間前面等著。等她一出來，就必須準確地述說房間裡看起來如何，格雷戈爾吃了什麼，他這次表現如何，以及是否可以認出任何微小的改善。對了，母親相對來說是很想盡快去看格雷戈爾，但父親和妹妹先用理智的理由阻止了她，格雷戈爾非常專心地聽著他們說話，他完全贊同，之後可能就得用暴力才能阻止她了，當她大喊：「讓我去看格雷戈爾，我可憐的兒子！你們難道不明白我必須去看他？」格雷戈爾猜想也許讓母親進來是好的，當然不是每天，也許一周可以一次。對這一切，她雖然比較有勇氣，但是終究還是作為孩子的妹妹對眼前有更多的理解，畢竟也許妹妹是出於孩子氣的直率，才能承擔如此艱鉅的任務。

格雷戈爾想見母親的願望，不久後就實現了。在這一天格雷戈爾顧慮父母的感受，不站在窗邊，但是在這幾平方公尺的地上，他也爬不了多遠，若要安靜不動，以他的自然天性來說又很困難，而進食也很快地不能再帶給他絲毫的快樂，因此為了分散注意力，他養成在牆壁和天花板上爬行的習慣。他尤其喜歡懸掛於天花板上，這和身處地上是那麼的不同，呼吸也更順暢自由得多，微微的振動通過全身，在天花板上格雷戈爾幾乎是幸福般地漫不經心，讓他可能出於自己預料，鬆手摔到地上之類。但是此刻他對自己身體的掌握度也與之前完全不同，摔到地上他也不會再受傷。妹妹立刻就注意到格雷戈爾給自己找到的新休閒活動——他爬行所經之處都會留下他的黏液的痕跡——然後她就想到，為了讓格雷戈爾能夠自由地爬行，她決定將妨礙他行動的家具搬開，尤其是箱子和桌子。但是她自己無法獨力完成，也不敢請求父親的幫助，女僕絕對無法幫她的忙，自從前任廚娘離職之後，這個十六歲女孩雖然一直勇敢地堅守崗位，但是她要求廚房始終保持上鎖狀態以作為特權，只在特殊呼叫時才必須開門。如此一來，妹妹別無選擇，只能趁父親不在時去找母親幫忙。母親興奮地叫出聲，但是來到格雷戈爾房門口時她安靜下來。妹妹當然先察看房間裡是不是一切都安排好了，然後才讓母親進去。格雷戈爾以最快的速度把麻布扯得更近、皺褶更多，整個看起來真的就像一張隨意披在沙發上的布罩。格雷戈爾這一次放棄在布下面偷看，他不想這一次就見到母親，只想單純地感到高興，她畢竟還是來了。「來吧，我們看不到他的。」妹妹說道，顯然她牽著母親的手引領著她。格雷戈爾聽著兩個柔弱的女人如何把畢竟算沉重的舊箱子，從原來的地方推開，妹妹如何不聽母親擔心她用力過度的警告，漸漸將大部分的負擔移轉到自己身上。沒有多久，她們搬了大約十五分鐘之後，母親說，箱子還是留在原地吧。一來是太重，父親回來之前她們無法做完，而箱子在房間正中央剛好堵住格雷戈爾所有的通路。其次是完全不能確定，搬走家具對格雷戈爾是否有好處，在她看來反而是相反的；看著空蕩蕩的牆壁，她的心裡很悲傷，格雷戈爾難道不會也如此感覺嗎？他習慣房間裡有家具，在空蕩蕩的房間裡他不覺得孤獨嗎？

「難道不是嗎？」母親的聲音放得非常輕地總結，她的聲音小到彷彿想避免被聽見，她甚至不知道格雷戈爾在房間何處，怕被聽到任何聲響，因為格雷戈爾聽不懂人話，她對此很確信，「如果搬移家具，那不就表示我們放棄了所有改善的希望，無情地讓他自生自滅？我認為我們最好盡量讓房間維持原來的樣子，這樣的話，當格雷戈爾回到我們身邊時，會發現一切都沒有改變，便更容易忘記他的這段過渡期。」

聽著母親這番話，格雷戈爾察覺到這兩個月來缺乏任何直接與人的接觸，加上只在家中生活的單調，一定擾亂了他的理智，不然的話他無法解釋為什麼他這麼認真地要求房間被清空。他真的想讓溫暖的、用繼承來的家具裝潢得舒舒服服的房間變成一個山洞，讓他在裡面可以不受干擾地到處爬？同時也快速徹底地忘記他曾是人類的過去？難道他自己現在已經快要遺忘了，只有母親許久未聞的聲音讓他驚醒，什麼都不該搬走；一切都必須留著；他不能缺少家具對他的狀況會有的正面影響。如果家具阻礙了他無意義的爬行，那也不是壞處，反而是一個很大的好處。但是妹妹並不這麼想，她已經習慣在討論格雷戈爾的事情時，以專家的姿態面對父母，而這其實也不無道理，所以現在對母親的建議足以讓妹妹堅持不僅搬走她原先所想的箱子和書桌，而且所有家具也要搬走，除了必不可少的長沙發之外。這當然不只是孩子氣的固執，還有她最近沒有預料到的，努力贏來的自信讓她下這個決定，實際上她也觀察到格雷戈爾需要很大的空間用來爬行，如人們所見的，家具根本沒有用處。

也許這個年紀的女孩所具備的特質，在每一個機會中尋求滿足的理想主義也發揮了作用，所以格蕾特（Grete）現在被自己的想法誘惑，讓格雷戈爾的處境變得更加可怕，這樣她就可以為他做比現在更多的事情。因為一間只有格雷戈爾獨自在牆上俯瞰的房間，除了格蕾特之外，沒有人敢進去。因此她沒有讓母親勸阻她的決定，而在這個房間裡，因為不安而顯得有些不確定的母親，很快就不再

作聲，盡力幫妹妹把箱子搬走。只是，必要的話格雷戈爾可以不要箱子，但書桌一定要留下。媽媽和妹妹一邊呻吟一邊推動箱子，剛剛一離開房間，格雷戈爾就從沙發下探出頭來，看他如何能小心地、盡可能體貼地插話。但不幸的是，先回來的剛好是母親，而格蕾特則在隔壁房間抱著箱子，只能來回搖動，當然也無法讓箱子離開原地。母親不習慣看到格雷戈爾的樣子，他可能會讓她生病，所以格雷戈爾嚇得急急往沙發另一端後退，但是已經無法阻止罩布的前端微微地動了一下。這就足夠吸引住母親的注意力了，她站住維持不動一會兒，然後走回格蕾特身邊。

儘管格雷戈爾不斷告訴自己，這沒有什麼，只是幾件家具被重新擺置而已，但是很快地他不得不承認，媽媽和妹妹來回走動、小聲叫喊、家具在地板上刮擦，感覺起來就像巨大的、從四面八方朝他湧來的混亂。他再如何緊緊抱住頭和腳，將身體一直往下壓到地上，都無可避免地必須對自己說，這一切他無法再忍受了。她們將他的房間清空，拿走他喜愛的一切；裡面放著鋼絲鋸和其他工具的箱子，她們已經搬出去了；現在她們正在鬆解已經緊緊地固定在地上的書桌，當他是商學院學生或者是職業公校學生，甚至他在小學生時的作業都是在這張書桌上完成的。他實在沒有時間去顧慮這兩個他幾乎忘記她們存在的女人的好意，由於工作疲憊，現在她們已經默然，他只聽見沉重的腳步聲啪搭啪搭響著。

媽媽和妹妹在隔壁房間裡靠著桌子喘氣，於是他開始行動，改變方向四次，他真的不知道先搶救什麼，然後他看到基本上已經清空的牆上，還醒目地掛著那張穿著毛皮大衣的女人的照片，他迅速地爬到照片上面，將自己貼在玻璃上，讓玻璃抓住他，安慰著他發燙的肚子。至少這一張照片，這張現在完全被格雷戈爾遮蔽的照片，一定沒有人會拿走。他朝客廳轉頭，媽媽和妹妹回來時可以看到。

她們沒有允許自己休息太久，馬上又折返回來；格蕾特手臂摟著母親，緊緊扶著她。「我們現在要拿什麼呢？」格蕾特環顧四周說道，眼光和在牆上格雷戈爾的眼光交會，大概只是因為母親在場她才保持了冷靜，她低頭看著母親，阻止她東看西看，只不過聲音發抖想都不想地說道：「來，我們是不是應該先回客廳去一下？」妹妹的意圖格雷戈爾很清楚，她想先把母親帶到安全的地方，再回來把他從牆上趕下來。好啊，她可以試試看！他盤踞在自己的照片上，寧願跳到格蕾特臉上，都不會把它交出去的。

但是格蕾特這麼一說，反而讓母親開始不安，她退到一旁，看到花花的壁紙上一塊巨大的茶色污漬，都還沒有確定她看見的是不是格雷戈爾，就用嘶啞尖銳的聲音大叫：「媽呀！媽呀！」然後伸開雙臂，彷彿放棄一切地倒在沙發上，一動也不動了。「都是你！格雷戈爾！」她舉起拳頭，告誡地看著他。這是自從他變形以來，她直接對他說的第一句話。她跑到隔壁房間，去拿能夠把母親從昏迷中喚醒的精油。格雷戈爾也想幫忙——拯救照片的事可以等候——但是他牢牢地黏住了玻璃，用盡全力才得以脫身。然後他也跑到隔壁房間，好像如同舊日一般能夠給妹妹建議，卻只能束手無策地站在她身後，她翻找各種瓶子的同時回頭一看，嚇了一大跳，一支瓶子掉到地上摔破了，一塊玻璃碎片劃傷了格雷戈爾的臉，他被某種有燒灼性的藥物澆到。格蕾特不管三七二十一，能拿多少就拿多少，抱起這些瓶子就往母親那邊跑，用腳一踢把門關上。格雷戈爾便與可能因為他的過錯而面臨死亡的母親隔離了。他不能開門，他不想嚇走必須留在母親身邊的妹妹。除了等待，他什麼都做不了。自責和擔憂驅使他開始爬動，他爬過一切，爬過牆壁、家具和天花板，最後在絕望中，當整個房間開始繞著他旋轉時，他倒在大桌子中間。

過了一會兒，他癱在那裡，周圍沒有一點聲響。也許這是一個好現象。門鈴響了，女僕當然把自己鎖在廚房裡不會出來，所以格蕾特必須去應門。原來是父親回來了。「發生了什麼事？」是他進門第一句話，格蕾特的樣子已經表露一切。她用悶悶的聲音回答，顯然還將臉貼在父親懷裡：「媽媽剛剛暈倒了，不過她現在好多了。格雷戈爾跑出來了。」「這我早就料到了，」父親說，「我早就告訴你們，但是你們女人家就是不聽。」

格雷戈爾很清楚父親誤解了格蕾特過於簡短的訊息，誤以為格雷戈爾做出某種暴力行為，所以他現在必須安撫父親跟父親解釋，他既沒有時間也沒有可能施行暴力。因此他逃到自己的房門前，並且盡量靠近門，這樣父親一踏進前廳，馬上可以看見格雷戈爾隨時都準備回去房間的意圖，不需要驅趕，只需要開門他就會消失。

只是父親完全沒有那種閒情逸致去辨認這些細節：「啊！」他一進來隨即大叫，聲音既憤怒又激動。格雷戈爾把向著門的頭轉回來，對著父親抬起頭。父親此刻站在那裡的樣子，真的不是他所認識的父親；沒錯，他最近的確因為要適應爬行，而錯失像以前一樣對家裡其他發生事物的關注，因此若遇到改變的情勢，他也應該要有心理準備去接受。即便如此，這個人還是我的父親嗎？同樣的這個人，以前當格雷戈爾要離家出差時，他還疲懶地捲在棉被裡躺在床上，晚上格雷戈爾回家時，他穿著睡衣在躺椅上迎接，完全無法站起來，只是舉起手臂表達欣喜，一年中難得幾次的星期日和假日散步，他走在格雷戈爾和母親之間，格雷戈爾和母親已經走得夠慢了，他還能更慢，裹在舊大衣裡，隨著拐杖一起一落，小心翼翼地往前走，當他有話要說時，幾乎都是自己先停下來，再將周圍的人集結到身邊。他們是同一個人嗎？

現在這個人站得直挺挺的，穿著有金色鈕扣，精練緊繃的藍色制服，像銀行行員所穿戴的，長外套的高而硬的領子上方，頂著他的雙下巴，濃密眉毛下面的黑色眼睛清亮有神，原本凌亂的白髮現在服貼油亮，分叉線一絲不苟。他把上面有可能是銀行名字、有金色字母的帽子，越過整個房間丟到沙發上，把制服的長外套的衣角向後折起，雙手插到褲袋裡，咬牙切齒地朝格雷戈爾走去。

他自己大概也不知道自己想做什麼；畢竟他把腳抬得異常地高，格雷戈爾對他靴底的巨大感到驚訝。他並沒有留在原地，從他新生活的第一天起他就知道，父親認為面對他時，最適合的態度便是嚴厲。他在父親面前跑動，父親停住，他就停住，父親一動，他就又再重新向前跑。他們就這樣沒有發生任何決定性的事，僅在房間裡兜圈子，也沒有由於速度緩慢而看起來像追趕。因此格雷戈爾暫時留在地面上，尤其他擔心父親可能會認為逃到牆壁或天花板上，是特別惡意的行為。只是格雷戈爾卻不得不告訴自己，他連這樣的跑動也堅持不了多久了，因為父親邁出一步，他得做無數的動作才能完成。呼吸開始明顯急促起來，像以前一樣，他沒有可以託付的肺。當他此刻跌跌撞撞，為了要跑而集聚所有的力氣時，眼睛幾乎都沒有睜開，在這種恍惚之下，逃命的方式除了跑，他根本想不到其他，幾乎都忘記他還有上牆的可能性，只是這裡的牆上掛滿精心雕刻的家具，家具上都是鋸齒和銳角——不知道是什麼東西飛下來，擦過他身邊，滾到他前面，原來是一顆蘋果；馬上第二顆又朝他飛來，格雷戈爾嚇得僵住，繼續跑沒有用了，因為父親決定用炸彈攻擊他。

他從邊櫥上的水果盤裡拿蘋果把口袋裝滿，沒有事先瞄準就把蘋果扔出去，一個又一個。這些小紅蘋果像帶電一樣在地上滾來滾去，互相碰撞。一個沒有那麼用力扔出的蘋果擦傷了格雷戈爾的背，但沒有造成任何傷害地滑了下來，緊跟著飛過來的蘋果卻結結實實打中他，嵌入他的背。格雷戈爾拖著腳步想繼續前進，彷彿這種意想不到、難以置信的痛苦會隨著移動而消退。但是他感覺像被釘住，混亂中他彷彿開展所有的感知能力。在最後一眼他還看到，他房間的門如何被打開，母親如何在尖叫的妹妹前面衝過來，身上還穿著內衣襯裙，因為妹妹在她暈倒的時候為了讓她順暢呼吸，幫她脫掉了上衣，然後母親如何衝向父親，而在衝向父親的路上綁縛在身上的襯裙又如何一件一件脫落掉到地上，她如何一邊要被裙子絆倒了，一邊還向父親擠過來抱住他，和他抱成一團——此刻格雷戈爾的視線可惜也看不清了，而她的手還放在父親的後腦上，請求他饒過格雷戈爾的性命。

III.

格雷戈爾的重傷，讓他痛苦了一個多月——那顆蘋果還留在他的背裡，因為沒有人敢把它拿掉，它成為肉體上可見的紀念品，似乎提醒了父親，甚至讓父親也記起，儘管格雷戈爾現在的樣子令人悲傷和噁心，但他仍是這個家庭的成員，不能當作敵人對待，而要盡家庭義務，要吞下厭惡的感覺，必須容忍、再容忍。

即使格雷戈爾因受傷而可能永遠失去行動能力，就算他像一個有殘疾的人一樣，必須花很長很長的時間才能穿過他的房間——爬上高處是不可能的了。因此，他的現況惡化反而讓他得到完全足夠的補償，總是將近傍晚時分通向客廳的門，他在一到二個小時之前已經在密切注意的門被打開，讓他能在自己黑暗的房間裡，從客廳裡看不到他，看著全家坐在燈火通明的桌邊，讓他能聽見他們的談話，當然一般都會被允許，也就是說和以前完全不同。

當然，這些對話再也不是從前的光景，當格雷戈爾累得不得不倒在如旅店小房間裡潮濕的床單上時，總是懷著渴望想念那麼活潑的話家常。現在大多時候都很安靜，父親晚餐後不久，就會在他的單人沙發上睡著，母親和妹妹則互相告誡對方保持安靜；母親做裁縫工作，在燈光下深深埋著頭，替一家時裝店縫製精緻的內衣；接受做店員工作的妹妹晚上的時候學習速記與法文，希望日後得到比較高的職位；有時候父親醒來，似乎不知道他曾睡去，對母親說：「你今天又縫這麼久！」然後馬上又睡著，母親和妹妹只得彼此相對疲憊地一笑。

出於某種頑固，父親即便在家也拒絕將制服脫下，睡衣毫無用處地掛在衣帽鉤上，父親穿戴整齊地在自己的位置上假寐，彷彿隨時準備好要上班，即使在這裡也在等待上司發號施令。結果，這件原本就不是很新的制服，雖然母親和妹妹精心保養，看來也不再筆挺乾淨。而格雷戈爾經常整晚就只看著這件上面有斑斑點點、金色鈕釦一直被擦拭得亮晶晶的衣服，衣服下的老人看來極度不舒服卻很安穩地睡著。

鐘一敲十下，十點到了，母親便輕聲喚醒父親，說服他上床去睡，在沙發上不是真正的睡眠，而對早晨六點就必須上工的父親，睡眠格外必要。但是父親陷入自從他開始做僕役之後就有的頑固，儘管他總是睡著，而且很難起身把沙發換成床，但是他總是堅持在桌邊待更長的時間。無論母親和妹妹如何勸他，他還是再堅持十五分鐘，慢慢地搖著頭，眼睛閉著不站起來。母親捏他的手臂，在他耳邊說好話，妹妹放下功課來幫母親，但是父親仍不為所動，只是在沙發上睡得更沉。直到母親和妹妹把手伸進他的胳肢窩，他才睜開眼睛，恍惚地看著母親和妹妹，總是說：「這是什麼生活！這就是我安享晚年的樣子！」然後靠著兩個女人的攙扶，他起身，很困難地站起，好像他自己就是他最大的負荷，讓兩個女人引導他到房門前，他揮手讓她們退開，往前獨自走進房間，此時母親急忙放下裁縫工具，妹妹也匆匆擱筆，再跑到父親身後繼續攙扶他。

在這個不停工作且疲憊不堪的家裡，除了絕對必要之外，誰還有時間照顧格雷戈爾？生活費愈來愈受到限制，女僕請不起了，一個高大，瘦得剩骨頭，白髮在頭上飄的女僕役早上和晚上各來一次做最粗重的工作，其他事情則是母親在許多縫紉委託之餘打點照顧的。各式不同的家傳珠寶首飾，之前母親和妹妹幸福地在休閒娛樂活動和節慶時穿戴的，甚至被變賣，而格雷戈爾從晚上家中的閒談中也得知賣得的價錢。但是最大的困擾一直都是，以現在的情況來說，房子太大卻無法離開，因為無法想像如何帶著格雷戈爾搬家。但是格雷戈爾很清楚，他不是唯一阻礙搬家的顧慮，因為很容易可以把他裝在一個鑽了幾個氣孔的箱子裡搬運。阻礙家人離開這個房子的原因主要還是絕望，以及遭遇到親人和熟人圈子中除了他們，其他人都沒有遇上的不幸。世界對窮人的要求，他們也做到極限了。父親替銀行小職員送早餐，母親犧牲自己去洗陌生人的衣服，妹妹在櫃台後面被客人命令去這裡那裡，但是除此之外家人卻沒有力氣再進一步。母親和妹妹把父親哄上床回來後，兩人把工作放著，互相靠近，幾乎臉貼著臉坐下，當母親這時候面對格雷戈爾的房間，說：「格蕾特，去把門關上吧。」格雷戈爾重新坐在黑暗裡，而隔壁房間母親與妹妹互視對泣，或者只是默默地瞪著桌子時，格雷戈爾背上的傷便重新開始痛起來。

無論日與夜，格雷戈爾幾乎都無眠地度過。有時候他想，下次門打開的時候，他要像以前一樣，一肩扛起家庭的責任。在這個想像裡，老闆和法律代表、同事和學徒、遲鈍的僕人、兩三個在別家公司做事的朋友、鄉下小旅館的一個侍女、一段美好、稍縱即逝的回憶，還有一個帽店裡他認真追求但是太慢才表達行動的女收銀員，都久違地浮上心頭，這些人物與陌生人混在一起出現或者已經想不起名字的，這些不但沒有幫助他和他的家人，還難以接近的人，當他們消逝不見時，他反而很高興。

但有時他完全沒有心緒去擔心家人，心裡只充滿被輕忽照料的憤怒，雖然他想不出來他對什麼東西有胃口，還是好像自己可以去食物儲藏間似的，計畫去那裡拿他應得的食物，即使他一點都不餓。妹妹現在不再考慮怎麼樣才能讓格雷戈爾滿意，她早上和中午匆匆趕去上班之前，以最快的速度把隨便準備的食物，用腳推進格雷戈爾的房間裡，以便晚上不論格雷戈爾是吃了一點，還是——最近最常見的情形是完全沒有碰，將殘食用掃帚都掃出來。至於清掃房間，她現在通常是晚上來，她會以不能再快的速度草草了事。污垢一條一條沿著牆壁長長地拉開，這裡和那裡到處都有塵埃和垃圾結成的團塊。一開始的時候，當妹妹一來，格雷戈爾會選定一個具有特殊意義的角度盤據，為了透過這樣的位置在一定程度上可以責備她這種態度。但是就算他一整個禮拜都留在那個位置不動，妹妹也不會有一點改善。她和他一樣都能看到汙穢，但是她鐵了心不去管。

同時她覺得整理格雷戈爾的房間是她的特權，這種新的感受生成，也影響了整個家庭。有一次，格雷戈爾的母親在他的房間進行了一次用了幾桶水才完成的大掃除，這些水氣當然讓格雷戈爾覺得不舒服，他痛苦地癱在沙發上不能動，但是後來對母親的懲罰不只如此。那天晚上，妹妹一發現格雷戈爾房間的變化，馬上像受到天大的侮辱似地跑回房間，雖然母親一再指天發誓不再犯，她還是爆發痙攣性的啼哭，當然也驚動父親讓他從沙發上起身，起初他們只能驚訝呆視著一切，直到他們都能動了，右邊是父親指責母親，罵她怎麼不讓妹妹清理格雷戈爾的房間，左邊是妹妹放聲大哭，要她不准再整理格雷戈爾的房間了；母親試著把激動不已的父親拖進臥室，妹妹身體抽泣地顫抖，握著小小的拳頭捶打桌子，而格雷戈爾憤怒地嘶嘶叫，因為沒有人想到要關門，讓他免受這場難堪和吵鬧。

但即使妹妹因為工作精疲力盡，要像以前那樣照顧格雷戈爾會變得更加麻煩，她的母親也不必代替她。而格雷戈爾也不用感覺被忽視，因為現在家裡有一個女僕役。這個老寡婦在她漫長的一生中，借助她強健的體格，可能最糟的事都熬過來了，根本完全不怕格雷戈爾。有一次，不是出於好奇，她意外地打開了格雷戈爾的房門，看到了格雷戈爾，感到很驚訝，而大吃一驚的格雷戈爾，雖然沒有人驅趕他，他還是開始來來回回蠕動，把手交疊地放在肚子上驚訝地停格。從此她就不錯過機會，早上和晚上總是將門打開一點點，向格雷戈爾看進來。起初她也呼喚他過來，用她也許覺得是善意的語句，例如「過來，該死的臭甲蟲！」或者「看，這裡有一隻臭甲蟲！」對這種話格雷戈爾一律不反應，只是靜靜地待在他的位置上不動，好像門根本沒有被打開一樣。如果不是讓她隨心所欲且無謂地打擾他，而是能命令她每天打掃他的房間就好了！有一天清晨──傾盆大雨，也許已是早春的訊號，敲打著窗玻璃，格雷戈爾是這麼的憤怒，當女僕役又開始用她的方式對他說話，他好似要出擊，但只是緩慢地，似乎體弱站不住地，轉身背對她。但是女僕役不知要害怕，只是生氣地舉起近門邊的一張椅子，她張大嘴站在那裡的樣子，企圖是很明顯的，不打算先把嘴巴閉上，而想先將手上的椅子往格雷戈爾的背扔去。當格雷戈爾重新轉過來，她又安靜地把椅子放回角落，「沒有招了嗎？接下來呢？」她問。格雷戈爾幾乎不再進食，只有當他無意中經過準備給他的食物旁邊時，他才嬉戲般地放一口在嘴裡，這一口含在嘴裡幾小時後，大多時候他還是吐掉。起初他想到自己不想吃東西的原因，是由於他對自己房間狀況的哀悼，可是房間改變後他又適應得很快。家裡很快就形成習慣，其他地方放不下的東西，都堆到這個房間來。而這類的東西現在很多，因為房子裡的一個房間出租給了三個房客。這些外表嚴肅的先生們——三個人全部都留著絡腮鬍，像格雷戈爾有一次從門縫裡看到的那樣——非常重視保持整潔，不僅在他們自己的房間裡，連整個家務管理都是，尤其是廚房，因為他們在這裡租了一個房間。沒有用的或者汙穢的雜物他們無法忍受。除此之外，大部分的家具還是他們自己帶來的，出於這個原因，很多雖然無法賣但是也不會丟掉的東西都變成是多餘的。而這些東西最後都來到了格雷戈爾的房間。廚房裡裝火灰的箱子和裝垃圾的箱子也是。眼下不會用到的東西，總是匆忙來去的女僕就直接把它扔進格雷戈爾的房間。幸虧格雷戈爾大多時候只看見丟進來的物件和拿著這個物件的手。女僕役也許打算著什麼時候再來取用，或者之後再一次全部扔出去，實際上這些東

西就一直留在當初被丟進來的地方，如果格雷戈爾沒有在這些垃圾裡迂迴穿梭而觸碰到它們，起初移動這些東西的原因是他沒有地方爬行，之後卻是產生了興趣，雖然經過這樣的爬動之後，他感到快要死去的疲累以及悲傷，又重新幾個小時不動了。

因為房客有時候在家裡共同的客廳裡用他們的晚餐，朝客廳的門在那些夜晚便不會打開，但是格雷戈爾也很容易放棄希望開門的念頭，在有些夜晚，門是開著的，他卻沒有利用，而家裡的人根本沒有察覺，靜靜地待在他房間黑暗的角落裡。有一次女僕役將朝客廳的門開得有點太大，門一直開著，甚至當房客晚上踏入客廳，將燈打開的時候，門仍是開著。他們在桌邊坐下，以前在那個位置上坐著父親、母親和格雷戈爾自己，打開餐巾將刀子和叉子拿在手上。母親馬上拿著一鍋肉在門口出現，緊跟在她後面是妹妹拿著一鍋堆得高高的馬鈴薯。這些餐點冒出濃濃的熱氣，房客們低頭看著他們面前擺著的碗盤，好像開動之前想審查這些食物。而坐在中間的那一個，似乎是三個人中被視為是權威的那一位，真的挑出一塊肉放在碗裡，很明顯地想確認是否足夠軟嫩，是否需要送回廚房再做。他滿意了，在一旁緊張地看著的媽媽和妹妹，才開始露出笑容。

家人自己則在廚房吃飯。雖然如此，父親在進廚房之前，還是先走進客廳，手拿著帽子，彎腰行一個單禮繞桌一圈，向每個租客致意。房客全體起身，嘴巴在鬍子裡喃喃言語。當不再有其他人時，他們晚餐全程幾乎一言不發。格雷戈爾覺得奇怪，從各種不同的進食聲中，再三地能夠聽見他們的牙齒在咀嚼，似乎在表現給格雷戈爾看，人吃飯需要牙齒，以及即使人有最美的下巴，沒有牙齒也是無用的。「我不是沒有胃口，」格雷戈爾憂心地對自己說，「只是不想吃這些東西。看這些房客吃得多有滋味！而我要死在這裡了！」

就是這天晚上──格雷戈爾不記得自己一整晚時間都聽見小提琴的聲音──小提琴從廚房裡傳來。房客已經吃完晚餐，中間那一個拿出報紙，分給另外兩個一人一張，然後他們往後一靠，開始閱讀、抽菸。小提琴聲響起時，引起了他們的注意，他們起身，踮著腳尖走到前廳門口，他們並肩在門口停佇。聲音從廚房應該也可以聽見，因為父親喊道：「先生們不喜歡這首曲子嗎？我可以馬上叫她停止。」「完全相反，」中間那位先生說，「彈奏的小姐要不要出來到我們這邊？這裡不是自在舒適多了？」「喔，好啊。」父親喊道，好像拉琴的人是他。這些先生走回房間，等待著。不久父親拿著樂譜架來了，母親拿著樂譜，妹妹則是拎著小提琴。妹妹冷靜地準備一切演奏需要的東西，而從前未曾有過租客也因此對租客過度有禮貌的父母親，不敢在自己的沙發上坐下。父親依靠在門上，右手插在扣好的制服外套的兩顆鈕扣之間，母親則得到一位先生提供的座位，因為她沒有移動提供給她的椅子，所以坐在那位先生隨手將椅子置放的地方，也就是靠邊的一個角落。

妹妹開始演奏起來，父親和母親各自在自己的一邊，把注意力追隨著她手的動作。格雷戈爾因被演奏吸引，將身體偷偷地探出多一點，頭就已經伸進了客廳。他完全不驚訝自己為什麼最近這麼少關心別人，以前有這種顧慮的心情一直是他的驕傲，所以現在他更有理由把自己藏起來，因為隨著在他房間裡無所不在，稍微一動就會亂飛的灰塵，他自己身上也蓋滿了灰塵，毛屑、頭髮或殘食等，都在他背上或身側隨身攜帶著，他對一切都不在乎了，他以前的話一天有好幾次，不躺在背上而在地毯上擦洗。儘管他現在是這個狀態，他也不害羞地在客廳完美無瑕的地板上往前移動。

反正也沒有人注意他。全家人都全神貫注在小提琴演奏上。房客先生們先是把手插在褲子口袋裡，看來靠得太近地站在妹妹的譜架後面，為的是他們全部都能看到樂譜，這一定讓妹妹很困擾，很快地又退回窗邊低頭小聲交談，父親關注著這一切，也注意到他們就停留在窗邊沒有再回來。現在的景象再明白不過，似乎他們預期會聽到優美或者有趣的小提琴演奏，然而卻感到失望，他們好像已經聽膩了，出於禮貌才讓自己的安寧繼續被打擾。尤其他們如何把雪茄的煙從鼻子和嘴巴噴到高處的樣子，可以知道他們神經繃得非常緊。可是，妹妹明明演奏得很美。她的臉側向一邊，眼光跟著樂譜一行一行地走，仔細查看著，並帶著悲傷。格雷戈爾再往前爬一段，頭緊緊地靠著地板，盡可能地去與他們的眼光相遇。因為音樂讓他如此感動，所以他是一隻獸？他感覺通往他所渴望的、未知的食物的道路，正在他面前展開。他決定一直往前爬到妹妹那裡，去扯她的裙子，告訴她，她應該帶著她的小提琴到他房間來，因為這裡沒有人像他那麼地希望這場演奏是值得的。他不會再讓她離開房間，至少在他有生之年不會。他可怕的外形終於可以派上用場，他會守在他房裡的所有門前，對襲擊者嘶嘶地驅趕。妹妹不該是被迫的，而是自願留在他身邊，她應該在長沙發上坐在他身邊，耳朵低垂傾聽，他會向她敘述他早已下定決心送她去音樂學院，如果他沒有遭遇這個不幸，他不會顧慮任何反對，在去年的聖誕節就宣布這個消息——聖誕節，應該已經過去了吧？他若解釋完，妹妹應會感動得流淚，格雷戈爾會爬到她的胳肢窩處親吻她，自從她在商店上班後就沒有繫上絲帶或穿有衣領的衣服，露出裸露的脖子。

「薩姆沙先生！」中間的那位先生呼喚父親，沒有進一步說什麼，只是用食指指著慢慢往前爬的格雷戈爾。小提琴聲安靜下來，中間那位先生先是搖著頭朝朋友微笑，然後重新看著格雷戈爾。比起驅趕格雷戈爾，父親似乎覺得安撫房客更重要，雖然他們沒有一點害怕的樣子，而且似乎覺得格雷戈爾比小提琴演奏更有趣。父親急忙趕過去，張開雙臂試著促使他們回房間，同時用自己的身體擋住他們看到格雷戈爾的視線。他們現在真的有點生氣了，只是無從得知他們是對父親的行為生氣，還是對於現在才得知，原來隔壁某個房間有像格雷戈爾這樣的鄰居住著而生氣。他們要求父親解釋，自己則舉起手臂，不安地扯動鬍鬚，很慢地才退回自己的房間。此刻妹妹也從因為演奏突然停止而陷入的迷惘中醒來，握著提琴抓著弓的手鬆鬆地懸在空中良久，眼睛繼續瞪著樂譜似乎仍在演奏中的她，突然跳起來，一把將樂器推進仍然坐在椅子上呼吸困難，但肺部在努力工作的母親的懷裡，她則跑進房客們在父親的催促下並未比她更快進去隔壁房間。在妹妹熟練的打點下，可以看到床上的被子和床墊飛騰後就位。這些先生們還沒到達房間，她就已經鋪好床，溜出去了。父親似乎又陷入固執中無法自拔，以至於忘了他對房客該有的尊重。他一直催趕不斷，直到中間那位先生在房門口重重地跺

腳，才讓父親停住腳步。「我鄭重宣布，」他說，手舉起來的同時，眼神看向母親和妹妹，「考慮到這個房子和家庭裡有令人作嘔的情況，」──說到這裡，他突然決定朝地上吐一口口水──「立刻解除我房間的租約，當然，已經居住的日子我也一點房租都不會付，相反地，我還考慮對你們提出索賠的要求──相信我，理由非常容易找到。」他停下不再言語，目光直視前方，似乎在期待什麼。他的兩個朋友真的馬上想起來說：「我們也即刻解約。」接著他扭開門把，砰地關上門。

父親一邊手去摸任何可以支撐自己的東西，一邊搖搖晃晃地走到他的沙發那邊跌坐進去，他看起來像任何日常夜晚在沙發裡睡著的樣子，只是此時他劇烈地上下點頭，讓人知道他根本沒有在睡。格雷戈爾一直待在房客發現他的地方並沒有移動。因為計畫失敗的失望，或者甚至是過於飢餓的虛弱，讓他無法移動。他帶著十分的把握，害怕著下一刻就會發洩到他身上的崩毀，他等待著，甚至連小提琴從母親懷裡，從顫抖的指間滑落時發出的響亮聲音，也沒有嚇到他。

「親愛的爸爸媽媽，」妹妹說，並且作為開場還將手放到桌上，「這樣下去不行，如果你們這麼認為的話，我可是看得很清楚。我不願意用哥哥的名字來稱呼這隻怪物，因此我要說出來，我們必須擺脫他。我們能做的事我們都做了，照顧他、忍耐他，我相信他一點都不能怪我們。」「她一點都沒錯。」父親對自己說。仍然驚魂未定的母親手掩著嘴巴，開始悶聲咳嗽，眼睛裡帶有「我快瘋了」的表情，妹妹趕快到母親身邊去扶著她的額頭。父親似乎因為妹妹說的話而產生了某種念頭，他坐直身子，在房客晚餐吃完後還未收走的盤子之間來回擺弄他的帽子，間或抬眼看一下沉默的格雷戈爾。

「我們必須擺脫他，」妹妹現在只對著父親說話，因為母親不停咳嗽，什麼都聽不進去，「這樣下去你們兩個會死的，我現在就可以告訴你。如果必須工作得這麼辛苦地活著像我們一樣，在家裡就不能還要忍受這種不會停止的折磨。我再也受不了了！」她大哭出來，哭得如此厲害，甚至連眼淚都掉到母親臉上，而母親機械性地抬手將淚水抹去。

「孩子啊！」父親以充滿同情地、異於尋常的理解力說道，「我們現在該怎麼辦？」

妹妹只是聳了聳肩表示不知道，她在哭泣中陷入了無助，與先前的確信形成對比。「如果他聽得懂我們在說什麼就好了。」父親半帶疑惑地說，妹妹在哭泣中伸出手劇烈搖動，表示這是不可能的。「如果他聽得懂人話，」父親再重複一次，然後藉著閉上眼睛表示接受妹妹指出那是不可能的想法，「那我們就可以利用他有可觀的收入，但是像他現在這樣——」

「他必須離開，」妹妹叫道，「這是唯一的辦法，爸爸。你所要做的只是不再把他當成格雷戈爾。這麼久以來我們一直這樣確信，這是我們的不幸。但是他怎麼可能是格雷戈爾？如果他是格雷戈爾的話，他會更早就明白，人和這種動物生活在一起是不可能的，他會自動離開。我們可能沒有哥哥了，但是我們能夠繼續生活下去，以此對他的紀念也會是體面的。但是這隻蟲卻這樣纏著我們，把房客趕走，很明顯地想要霸占整個房子，要叫我們露宿街頭。看，爸爸！」她突然大叫，「他又開始了！」在這個對格雷戈爾而言，他完全無法理解的恐懼中，妹妹甚至從母親身邊走開，她幾乎把自己從椅子上撐起來，彷彿寧願犧牲她的母親也不願離格雷戈爾稍微近一點，然後緊隨著只因她的舉動而激動站起的父親身後，而他的兩條手臂在她前面半舉高像要保護她一般。

但是格雷戈爾根本沒有意思要讓誰感到害怕，更何況是妹妹。他只不過是開始轉身要回自己的房間，而這點會引起注意，只是因為他的身體在這個可憐的狀態下，只能藉頭部的幫助完成困難的轉身動作，他必須多次將頭抬高再摔到地上。他停下動作環顧四周，他的良好意圖似乎被辨認出來。驚嚇的時刻只有那麼一瞬間，現在所有的人都緘默地、悲傷地看著他。母親緊貼著的雙腿伸直，倒在她的單人沙發上，眼睛因為疲憊而幾乎要閉上了。父親和妹妹坐在一起，妹妹的手環著父親的脖子，「現在我可以開始轉身了吧？」格雷戈爾想，重新開始他轉身的工程。移動的時候他無法控制自己不發出用力的聲音，時而也必須停止動作好能休息一下。

除此之外也沒有人催促他，一切由他自己掌握。當他終於完成轉身，便開始筆直地回返前進。他訝異房間和自己之間的距離怎麼這麼遠，奇怪自己身體這麼虛弱，怎麼能在這麼短的時間內完全不自覺地走了相同的這段路。他努力專心地一直往前爬讓他幾乎沒被誰注意到，家人一句話或一個驚呼都沒有發出打擾他。

直到他已經在門中間了，他才轉頭，沒有能夠完全轉過去，因為他感覺到脖子僵硬了，但是仍然還是能夠看到他身後的景象一點都沒有改變，只有妹妹現在是站著的。他最後的目光快速地再掃一眼已經完全睡著的母親。

他還沒有完全進入房間，門已經用最快的速度推上並鎖住。自己身後突然傳來的噪音把格雷戈爾嚇得腳都縮起來了。這麼迫不及待的人竟是妹妹。她早就站起來在等著，然後輕手輕腳地跳過來，格雷戈爾完全沒有聽見她走過來的聲音，然後一句「終於！」她對父母叫道，一邊把鑰匙孔裡的鑰匙轉上。

「現在呢？」格雷戈爾問自己，並在黑暗中環顧四周。他很快就發現，自己動彈不得。對這一點他毫不驚訝，他覺得不自然的反而是，一直到之前，他居然能夠使用這些細腿到處移動到現在。除此之外，他反倒覺得很舒服，雖然他全身上下都在痛，但是他感覺這些痛苦似乎逐漸在不斷減弱，也許最終會全部消失。背上被灰塵覆蓋的腐爛蘋果和周圍的發炎，他幾乎感覺不到。他帶著感動和愛回想他的家人。他必須消失的想法，可能比妹妹同樣抱持的想法還更為堅定。直到鐘塔敲響第三次晨鐘，他都在空白和滿足的沉思狀態中。

窗戶外面天色逐漸變亮，一開始他還有注意到，然後他的頭不顧他的意志往下垂，從他的鼻孔裡他最後一次的呼吸虛弱地冒出來。

一早，女僕來上工的時候——無論跟她說多少次不要這樣做，她都還是把所有的門都關上，關門的時候因為力氣大和匆忙，以致從她到達那一刻起，整間房子裡有人想要安睡就再也不可能了——她照例來看格雷戈爾時，首先並沒有察覺什麼異常。她以為他故意一動也不動地躺在那裡是在生悶氣，她相信他什麼把戲都有。因為她手上剛好拿著長柄的掃帚，所以她從門那邊用掃帚去搔他的癢。搔癢沒有引起反應，她就生氣了，戳了格雷戈爾一下。他什麼反應都沒有，還被她推離了原來的位置，她這才奇怪起來。沒有多久她認出真正的事實，她張大眼睛徑直吹了聲口哨，她沒有待在那裡，而是打開臥室的門，用最大的聲音朝黑暗裡大喊：「大家來看噢，他翹辮子了！他躺在那裡，死透透了！」

薩姆沙夫婦在床上坐得直挺挺的，到他們被女僕役的話所嚇飛的魂回來之前，一句話都說不出來。然後薩姆沙先生和薩姆沙太太從各自的一邊下床，薩姆沙先生把被子丟到肩後，薩姆沙太太只穿著睡衣趕來，就這樣他們踏進格雷戈爾的房間。此刻通往客廳的門也已打開，客廳裡睡的是自從有房客後就睡在這的格蕾特，她似乎整夜沒睡一般已經穿戴整齊，就連她蒼白的臉色也可以為之佐證。「死了？」薩姆沙太太說，她疑惑地抬頭看女僕，雖然她自己可以檢查，甚至不用檢查也能夠辨認。「我是這麼覺得。」女僕役說，為了證明還用掃帚在格雷戈爾屍體的側邊重重一戳。薩姆沙太太的動作似乎想阻止掃帚，但是終究沒有。「好了，」薩姆沙先生說，「現在我們可以感謝上帝。」他在胸前劃十字，三個女人也跟著劃。格蕾特目不轉睛地看著屍體說：「你們看，他變得多瘦。也是啊，他很長時間沒有吃東西了。食物送進去，又原樣拿出來。」格雷戈爾的身體確實非常扁平又乾癟，現在大家才察覺，他的身體不再由細小的腿支撐著，也沒有什麼動作會分散看著他的視線了。

「格蕾特，過來，跟我們進房間一下。」薩姆沙太太帶著酸楚的微笑說，格蕾特回頭看向屍體幾次，跟著父母進臥房去。女僕役關上門，打開所有的窗戶。雖然還是早晨，新鮮的空氣裡已經混進了一些濕濕的熱氣。現在畢竟也已經是三月底了。

三個房客從房間裡出來，詫異地到處尋找他們的早餐，他們早被遺忘了。「早餐呢？」中間那位先生很不高興地問女僕役。她卻把手指放在嘴唇中間，一句話不說，急速地朝他們招手，叫他們到格雷戈爾的房間來。他們進來時，雙手插在有些磨損的外套口袋裡，房間裡現在已經非常明亮，他們圍著格雷戈爾的屍體周圍站著。

臥室的門開了，薩姆沙先生穿著制服出現，一手挽著妻子，另一隻手臂挽著女兒。每個人臉上都有一點淚痕。格蕾不時還把臉埋進父親的手臂。「請馬上離開我的房子！」太太和女兒仍挽著，薩姆沙先生指著大門說道。「您是什麼意思？」中間那位先生有些驚愕，臉上堆出有些諂媚的微笑。另外兩個人雙手背在身後，不斷地摩擦，彷彿在熱烈期待一場激烈，但結果一定對他們有利的爭吵。「我的意思就是字面上的意思。」薩姆沙先生回答，和他的兩個女同伴並排一起向房客走過去。他先是在那裡站著不動，低頭看著地上，好像在腦袋裡重新將事物安排順序似的。「那我們走！」他抬眼看著薩姆沙先生，好像突然間覺得自己低人一等，要為新的決定尋求認可。薩姆沙先生只是睜大眼睛對他短促地點幾個頭，接著這位先生真的就邁開長腿進去前廳。他的兩個朋友已經不再摩拳擦掌，注意傾聽一會兒，即刻就跟過去，似乎害怕薩姆沙先生會搶在他們前面進前廳，斷了他們和帶領者的聯繫。在前廳裡，三個人一起從掛鈎上取下帽子，從手杖架中取出手杖，默默地鞠個躬然後離開了。薩姆沙先生帶著完全沒有根據的不信任，和太太及女兒一起出去到樓梯間。倚著欄杆，他們看著這三個先生緩慢但是持續不斷地走下長長的樓梯，在每層樓梯間的某個轉角處消失，片刻後又再出現；他們愈往下，薩姆沙一家對他們的興趣就愈小，而當一個頭頂著貨架的肉舖夥計挺著脊梁與他們相遇，和他們錯身後繼續上樓時，薩姆沙先生和太太女兒離開欄杆，彷彿鬆了一口氣般大家都回到了屋子裡。

他們決定，今天一天要用來休息與散步。中斷工作，休息片刻是他們應得的，他們甚至非需要如此不可。他們圍著桌子坐下來，寫三份假單，薩姆沙先生寫給他的老闆，薩姆沙太太寫給她的委託人，格蕾特則給她的主管。他們在寫信的時候，女僕役走進來說她要走了，因為早上的工作已經完成。三個在寫字的人先是頭都沒有抬就點了點頭，直到女僕一直都沒有走開的意思，他們才生氣地抬頭看她。「還有什麼事？」薩姆沙先生問。女僕微笑地站在門口，好像要告訴這家人一個天大的好消息，但是要被追著問才肯說出口。她帽子上那根她服務期間薩姆沙先生一直很看不順眼的幾乎是直的小鴕鳥毛，現在正前後左右輕輕晃動。「您到底有什麼事？」所有人中對女僕最為尊重的薩姆沙太太問道。「是這樣

的，」女僕回道，她笑得無法繼續說話，「關於隔壁那個東西如何處理，您不用擔心，已經都辦好了。」薩姆沙太太和格蕾特低下頭似乎想繼續寫信，注意到女僕想開始詳細描述一切的薩姆沙先生，伸出手堅決阻止她往下說。既然不被准許敘述，她想起自己其實時間不多，顯然受到傷害似地喊道：「那就大家再見吧！」生氣地轉身，用盡力氣甩上門離開。

「晚上就把她解雇。」薩姆沙先生說，但是不管是太太還是女兒，都沒有回答他，因為女僕似乎又打擾了她們好不容易贏來的平靜。她們起身走到窗邊，在窗邊擁抱在一起。薩姆沙先生在他的沙發上轉身靜靜地看著她們一會兒，然後喊道：「過來這邊吧，不要抱了。你們也顧慮我一下。」太太和女兒馬上聽話地衝到他身邊親吻他，並迅速地將她們要發的信完成。

然後三個人一起離開幾個月以來，都沒有三人一起離開過的房子，坐電車到郊外去。此時只有他們在的車廂裡沐浴著溫暖的陽光。他們舒適地半躺在座位上，說著未來他們有什麼願景，然後發現這些前景一點也不差，因為這三個他們互相都還沒有探問過的職位都非常合適，尤其是對未來發展也大有希望。此時最能改善情況的，可以簡單地透過換房子來實現。比起當時還是格雷戈爾找的，即現在住的這個公寓，他們其實想要一套比較小也比較便宜，但是位置比較好的，總之一個更為實用的公寓。就在他們這樣閒聊的同時，看著越來越活潑的女兒，薩姆沙夫婦幾乎兩人同時想到，儘管近來的折磨和辛勞使她的雙頰有些蒼白，她還是長成了一個美麗豐滿的女孩。他們安靜下來，幾乎無意識地透過眼神交流著，他們在想是時候幫她找一個好丈夫了。當他們到站，女兒第一個站起來並伸展她年輕的身體時，好像是在認可他們抱持的全新夢想和美好的展望。

輯一

判決

Das Urteil

那是一個星期天早上，在光線明媚的春日裡。格奧・班德曼這位年輕商人，在他位於二樓的房間裡，身體往後一靠。這兒河畔的房子是一排蓋得相仿，高高低低、牆色斑斕的街屋，他在這裡剛寫完一封信，給一位在國外的年少友人，此時他慢慢把玩著信封並合上後，便把手肘佇在書桌上，往窗外看去，河水、橋墩，對岸的緩坡上一片青翠。

他想到，這位朋友對留在老家的前景感到不滿，於是幾年前正式逃到俄羅斯去了。他在聖彼得堡開了家店，一開始營運得挺不賴，不過從他越來越少回家鄉來抱怨的情況看來，如今也停擺了好一陣子了吧。即使他在異鄉辛苦地工作，卻不見什麼起色，他的怪異的落腮鬍也蓋不住那張自小熟識的面孔，蠟黃的臉色看起來像是得了什麼慢性病。他說他既沒和昔日的同鄉有什麼聯繫，也幾乎沒有和當地人家有什麼往來，於是注定得當一輩子的單身漢。

面對這樣的男人，要寫些什麼呢？他顯然走錯了路，雖然令人同情，卻也讓人幫不上忙。也許該勸他回老家？把他的生活重心移回來這兒，重拾所有過往的友誼，然後倚靠朋友們的接濟？這自然不成問題，只不過這話說得越是體貼就越是傷人。這無非就是在告訴他，他至今的嘗試全都失敗了，他最終還是要放下的，該回頭了，而作為一個徹底回頭的人，必得承受所有人因驚訝而瞪得老大的眼神。只有他的朋友們稍微懂他，他就只是個年長的大孩子，只要追在那些在老家事業有成的朋友後頭就行。可是真的能確定，這些他必得承受的折磨都是有意義的嗎？也許根本沒辦法把他勸回老家，他自己也說，他已經無法懂得老家的那些人事物，所以才拋開一切待在異鄉。而這樣的勸告也使他苦悶，最終還是把朋友們又推得更遠了些。他若是真的聽了這個勸，回到這兒卻又大受打擊——當然沒有人有意為之，但事實就是如此——要是他既無法在朋友間自處，卻也無法不依賴朋友，於是因羞愧而受苦，那才真的是沒了家鄉又沒了朋友。對他來說，像之前一樣待在異鄉，豈不是更好？這樣的情況下，還有人會認為他若回來這裡，真的可以過得下去？

所以，如果還想和他維持書信往來的話，就不能談什麼認真的話題，就連和那些最不親近的友人都能隨意提起的小事，對他也說不得。這位朋友已經三年多沒回老家了，他老是推託，說俄羅斯政局不穩定，連他一個平凡小商人要出境一下也無法成行，但明明有好幾百萬的俄國人，在世界各地到處閒晃。不過在這三年的時光裡，特別是對格奧而言，很多事情都變了。兩年前傳來格奧的母親的死訊，然後從那時起，格奧便和他的老父親一起做生意謀生，這些消息這位朋友倒還有聽說，他也曾在信裡淡淡地表示哀悼，語氣漠然的原因，大概是因人在異鄉，無法想像面對這種事的悲愴吧。從那時開始，格奧就下了更大的決心要好好面對所有事，還有他的商店。也許是母親在世時，父親希望經營店面的事由他說了算，所以阻礙了格奧做出自己的成績，也許是在母親過世後，父親即便還在店裡工作，行事也變得退讓許多，也可能──真的很有可能──機緣巧合在這之中扮演了很重要的角色，反正生意在這兩年有了出乎意料的發展，員工數不只擴增一倍，營收也翻了五倍，來日的進展肯定看好，指日可待。

這位朋友對這些改變一無所知。之前好像是在那封哀悼信裡吧，他還想說服格奧移民到俄羅斯去，有關格奧從事的這一行在聖彼得堡的發展前景，還寫得洋洋灑灑。只不過那點數目，和格奧目前承接的業務規模相比，實在微不足道。格奧既然當時沒心情和這位朋友描述自己事業上的成功，如今再補述實在也顯得奇怪。

所以格奧約束自己只能和這位朋友談些無意義的小事，某個平靜的星期天才會發覺的，在記憶裡散亂成堆的小事。他沒有別的想法，只是不想擾亂了這位朋友這些年來對老家的印象，那些使他足以說服自己的印象。於是格奧竟然三度在間隔許久的信中和這位朋友提起，一個不重要的男人和一個同樣不重要的女孩訂婚的消息，直到這位朋友最後居然出乎格奧的意料，開始對這件事有點興趣了。

格奧寧可寫這些小事給他，也不願提到自己的事，像是他一個月前和一位家境富裕的小姐菲莉塔・布蘭斐訂婚了。他常常和他的準新娘聊到這位朋友，尤其是他和他之間特殊的魚雁往返。「所以他根本就不會來參加我們的婚禮，」她說，「可是我有權認識你所有的朋友吧。」「可我不想要打擾他，」格奧答道，

「我的意思是，他很有可能會來呀，至少我是這麼想的，不過他可能會覺得自己是被逼來的，或覺得有損他的面子，說不定還會嫉妒我，然後心有不甘卻又無法排解，最後又獨自回去。獨自一人──你明白這意味著什麼嗎？」「明白，但他難道不會從其他地方得知我們結婚的消息？」「那我也無力阻止，不過以他那種過活方式，實在不太可能。」「格奧，如果你有這樣的朋友，你實在不應該訂婚。」「是這樣沒錯。但這件事我跟他兩人都有錯，而我也沒打算改變我們訂婚的事。」在他的深吻中，她呼吸急促，仍說道：「這件事實在讓我很受傷，」他於是想，就算和這位朋友坦承所有的事也無妨。「這就是我，他也只能接受，」他對自己說，「我也不能從我身上裁出另一個比我更適合和他交朋友的人。」

於是他決定在星期天早上寫的那封信中，如實地向他的朋友回報他成功訂婚的消息，信裡寫道：「最好的消息，我留在最後說。我和一位富家千金菲莉塔・布蘭斐訂婚了，她是在你離開許久後才來的，所以你不太可能認識她，之後找機會再跟你說說我的準新娘，今天先寫到這裡就夠了。告訴你我現在真的很幸福，而你我之間的友誼起了點變化，那就是，你現在不但有一個熟識的老友，他還是個幸福的人喔！此外，我的準新娘誠摯地要我轉達問候，她之後也會寫信給你，所以你還會多了個真摯的女性友人。對你這個單身漢來說，應該也不是毫無裨益吧？我知道你事情多，很難抽空回來看看，但我的婚禮不就是個大好機會，讓你排除萬難回來一趟？但無論如何，你還是不要有所顧忌，按你的心意決定就好。」

格奧把信握在手裡，面向窗外，在書桌前坐了許久。有個認識的人從窗前經過，在街上和他打了招呼，他只用了一個心不在焉的微笑回應。

終於他把信放進口袋裡，步出房間，穿過狹窄的走廊，走進他父親的房裡。他已經好幾個月沒有踏進這個地方了，但平時其實也沒有進來的必要，因為他和父親通常會進到店裡，午餐也會一起到餐廳享用，晚餐雖然大多各自安排，不過只要格奧沒有出門找朋友，或是找他的未婚妻的話——雖然他很常出門——他們通常還會一起在客廳裡多待一會兒，各自看報紙。

父親的房間在這個晴朗的星期天早上，竟然如此昏暗，這讓格奧嚇了一跳。狹長的後院，高牆把影子拋進屋裡。父親靠窗坐著，在一個布置著已逝母親的遺物的角落，他正讀著報紙，報紙斜斜地拿在眼前，好彌補視力的不足。桌上還有吃剩的早餐，看來他吃得不多。

「啊，格奧！」父親一面說一面走向他。他厚重的睡袍在走動時鬆開，下襬在父親身旁飄動。──「我的父親依然像個巨人，」格奧對自己說。

「這裡暗得受不了！」他說道。

「是啊，這裡是很昏暗。」父親答道。

「你還把窗戶關起來了？」

「我比較喜歡這樣。」

「外頭天氣很暖和呢，」格奧說著，好似還沉浸在過往的回憶裡，然後坐了下來。

父親動手整理早餐盤，把東西移到一個箱子上。

「我其實只是想跟你說，」格奧的眼神迷離地跟隨著老人的動作移動，繼續說道，「我決定還是要寫信到聖彼得堡，說我訂婚的事。」他從口袋裡拿出信封，然後又讓它落回口袋裡。

「寫信到聖彼得堡？」父親問道。

「寫給我朋友呀，」格奧說，同時找尋著父親的目光。——「和店裡的他不一樣，」他心想，「在這裡，他坐姿閒散，雙臂在胸前交叉。」

「嗯哼。你的朋友。」父親刻意強調。

「父親，你知道的，我原本想對我訂婚的消息絕口不提的。沒為什麼，只是有些顧慮。你也知道，他就是個難搞的人。我當時對自己說，他可能從其他方面得知我訂婚的消息，我也無力阻止，即便以他那種孤單寂寞的生活方式來說不太可能，但我就是不希望他從我這裡知道這個消息。」

「那你現在改變心意了嗎？」父親問道，把一張大報紙擱在窗台上，報紙上壓上眼鏡，手再覆在眼鏡上。

「對，我重新想了想。現在我對自己說，如果他是我的好朋友的話，我訂婚的幸福消息，對他來說也會是一種幸福。所以現在我不再猶豫了，我就要告訴他這個消息。只是在我寄出這封信之前，想跟你說一聲。」

「格奥，」父親張開沒有牙齒的嘴說，「聽好了！你現在因為這件事，跑來徵詢我的意見，這樣的行為實在可取。但這事根本什麼都不是，如果你還不跟我說實話，那就更可惡了！我不想提起與此無關的事。但自從我們親愛的母親去世後，發生了許多不光彩的事情。也許來得正是時候，也許來得太早。店裡有好些事情，我都沒留意到，也許根本沒人想瞞我──要是有人要瞞我，我恐怕也不敢想──只是我體力不支、我的記性倒退，所以很多事情沒辦法留神盯著。一是因為老了就是如此，二是因為你母親的死對我的打擊，比對你的打擊更大。──但既然我們談到了這件事，談到你的那封信，我拜託你，格奥，別想騙我。這只是件小事，不值得一提，你不要騙我。你真的有個朋友在聖彼得堡嗎？」

格奥這時尷尬地起身。「我們就先別管我的朋友吧。上千個朋友也無法取代我的父親。你知道我是怎麼想的嗎？你根本沒有好好照顧你自己，現在你年紀到了要保重。你也知道，我店裡不能沒有你，但如果這家店有可能威脅到你的健康的話，那我明天就把它給關了，再也不開。再這樣下去可不行。我們得替你想想其他的生活方式，進行徹底的改變。明明客廳那裡就有美好的陽光，你卻在這裡坐在黑暗中。你應該認真保養身體，早餐卻只吃幾口。空氣流通對你比較好，你卻寧可關上窗戶坐著。不行，我的父親！我去把醫生找來，我們全按照他的囑咐！我們還要交換房間，你搬到前廳去，我換來這裡。什麼都不會變的，整個房間都會搬過去。不過這也不急，現在你應該在床上多躺一會兒，你非常需要休息。來吧，我幫你換衣服，你看，我行的。還是你現在就想馬上到前廳去，那你可以暫時先躺在我的床上，這是明智的決定。」

格奧緊緊挨在父親身旁，父親一叢蓬亂的白髮在他的胸口低垂下沉。

「格奧，」父親一動也不動，小聲地說。

格奧隨即跪在父親身側，他看向父親疲倦的面容、眼角放大的瞳孔。

「你在聖彼得堡才沒有朋友。你一直都是個愛開玩笑的人，就算在我面前也不懂得收斂。你怎麼可能在那裡有朋友，我才不信。」

「父親，你仔細回想一下，」格奧說著，把父親從沙發椅上扶起，父親孱弱地站著時，格奧替他褪去睡袍，「已經有三年了吧，我的朋友上次來訪的時候。我還記得你一直都不是特別喜歡他。至少有兩次吧，我還在你面前數落過他，就算他就和我一起坐在房裡。我也完全可以理解你對他的反感，我的朋友的確有他古怪的地方。但是你後來也開始與他愉快交談，我當時還很驕傲，你竟然願意聽他說話、點頭附和，還問上幾句。你仔細想想，一定會想起來的。他說了好多令人難以置信的俄羅斯的革命故事。舉例來說，他有次出差到基輔，在一陣騷動中，看見一位神職人員站在陽台上，往他的手心刻上了一個血紅色的十字，還舉著這隻手，對著群眾高聲呼喊！你自己也常常到處跟別人說這個故事啊！」

與此同時，格奧成功地讓父親再次坐下，然後小心地脫掉他的外褲和襪子，只留一條亞麻內褲。見到父親身上不乾淨的衣物，他為自己疏於照顧父親而感到自責。照看父親的換洗衣物自然是他應盡的義務。他曾和他未來的妻子談到對父親未來的安排，他們彼此心照不宣地認定，父親會獨自待在老家。但是現在格奧下定決心，無論如何都要把父親帶到他們未來的家去。仔細想來，早該給父親給予照顧，這些幾乎來得太遲了。

他把父親扶到床邊，才幾步路的距離，他卻覺得有些恐怖，他感覺到父親正把玩著他胸口的錶鏈。他無法馬上協助將父親抬上床，因為父親緊緊地抓著錶鏈不放。

但父親才剛躺上床，一切又都變好了，他自己蓋上棉被，還特意把被子拉過肩膀，隨後抬眼看向格奧，眼神裡沒有不悅。

「你想起來了，對不對？」格奧問，一面鼓勵地點點頭。

「我被子有蓋好嗎？」父親問，好像他自己沒有辦法看到他的腳有沒有完全窩在被子裡一樣。

「你滿喜歡待在被窩裡的吧？」格奧說著，然後又把他身上的被子蓋得更密實些。

「我的被子都蓋好了嗎？」父親又再問了一次，似乎也特別留意這個問題得到的答案。

「放心吧，都蓋好了。」

「才沒有！」父親吼著，這不是問題的答案，父親用力把被單甩開，一瞬間被子飛了起來，在空中攤開，接著他直挺挺地站在床上，一手輕扶著天花板。「臭小鬼，你想要把我蓋起來，我早就知道了，但我還沒有被蓋上呢！我還剩下最後一點力氣，對付你還夠，還綽綽有餘。我當然認識你那朋友。他才是我心目中的兒子。這就是為什麼你這些年來都在騙他，不然呢？你難道以為，我不曾為他掉過眼淚？不就是因為這樣，你才把自己鎖在辦公室裡，老闆在忙，誰都不准打擾——這樣你才可以寫那些騙人的信寄到俄羅斯。但不用誰來教，父親也能一眼看穿自己的兒子。你現在以為你已經將父親制伏了，可以一屁股坐在他身上，讓他不能動彈，然後我的兒子大人就可以決定要結婚了！」

格奧抬頭看著父親嚇人的模樣。父親突然間和聖彼得堡的朋友如此熟識，這位朋友從未如此占據過他的心神。他就像看見那遠在遙遠的俄羅斯的人失去所有，看見他站在被劫得乾乾淨淨的店舖前。在倒下的貨架，被扯爛的貨物，翻倒的煤氣燈之間，他還是直挺挺地站著。為什麼他非要跑到那麼遠的地方去呢？

「好好看著我！」父親喊道，格奧心神恍惚地跑到床邊，想搞懂這一切，但卻還愣在半路上。

「是因為她把裙子撩了起來，」父親開始矯揉地說話，「因為她把裙子撩了起來，那個噁心的丫頭。」為了示範，他把自己的襯衣拉得高到可以看見他的大腿，還有戰場上留下的疤痕，「因為她像這樣把裙子撩了起來，你就跑去勾搭她，為了利用她來自我滿足，你輕慢了對母親的追念，背叛了你的朋友，還把你的父親綁在床上，讓他無法動彈。但你看，你父親是真的無法動彈嗎？」

父親自在地站立著，一面甩動他的腿，他因為這番洞見，容光煥發。

格奧站在角落，盡可能遠離他的父親。有好一會兒，他決定要眼觀四方，以防自己被後面或是上面突如其來的什麼給嚇到。如今他再次想起這個決定，卻又馬上忘了，像一條短線穿過針一樣。

「但你的朋友並沒有被背叛！」父親吼道，他把食指來回揮舞，好使他的話語更加懾人。「我就是他在這裡的代理人。」

「你是在講笑話嗎？」格奧沒能忍住，但他馬上就發現自己說錯話了，只不過已經太遲了，他的牙齒咬住了舌頭，劇痛讓他瞪大了眼，跪在地上。

「是呀，我真的是在講笑話！笑話，多好的一個詞！一個喪偶的老父親還能有其他的慰藉嗎？你說說看呀──我住在這間陰暗的後室，被背義的員工所逼，除了一把老骨頭，我還剩下什麼？我的兒子歡天喜地地要把我用心策劃的生意給收了，高興得打滾，還在他父親面前裝出一副道貌岸然的紳士樣！你難道以為，我沒有愛過你嗎？你好歹也是我生的呀！」

「現在他要彎下腰來了，」格奧想著，「要是他摔下來，粉身碎骨多好！」這些話在他的腦袋裡窸窣作響。

父親真的彎下腰了，但是沒有倒下。因為格奧並沒有如他所料地靠近他，所以他又挺直了腰桿。

「你就待在原地吧，我不需要你！你以為你還有力氣過來這兒，但你馬上又縮回去了，這正合你意。但你不要搞錯了！我還是比你強大很多。雖然我不得不敗退下來，但是你母親把她的力量留給了我，我和你的朋友關係密切，甚至你的顧客名冊都在我的口袋裡！」

「這件睡袍裡竟然還會有口袋！」格奧對自己說，這可讓他覺得在這世上找不到出口，但這個隨想法只停留了一剎那，因為他隨即又忘了一切。

「儘管牽著你的新娘向我走來吧！我會把她從你身旁攆走，你還不知道我能怎麼做！」

格奧做了個鬼臉，好像他完全不信這句話。突然間父親肯定地點了點頭，把他所說的真相，推向了格奧身處的角落。

「你今天真是給了我一番娛樂，竟然跑來問我，該不該寫信跟你朋友說你訂婚了。他其實什麼都知道，蠢貨，他什麼都知道呢！我一直和他保持通信，因為你忘了把我的筆墨拿走了。這就是為什麼這些年來，他不用回來，也可以比你自己清楚上百倍，因為他根本把你的信揉了不看，另一手捧著我的信來讀！」

他的手臂激昂地在頭上揮舞著喊道：「他比你清楚千倍！」

「萬倍吧！」格奧如此說道，就為了嘲笑他的父親，但他聽見嘴裡的那句話，如死亡般嚴肅。

「從好幾年前，我就在留意，你什麼時候會拿這個問題來找我！你以為我的心都放在其他事上？你以為我都在讀報紙嗎？你看啊！」然後他把一頁報紙扔向格奧，那報紙不知怎地被他帶到床上。那是一份老舊的報紙，老到上頭的名字格奧完全認不得。

「你要蹉跎多久才能長大成人！你母親都去世了，還等不到你的大好日子，你那朋友在俄羅斯飽受摧殘，三年前臉色就已經黃得不像樣了，而我現在是什麼樣子，你也看見了。你有眼睛可以自己看啊！」

「你暗自算計我！」格奧喊道。

父親深感同情地順帶一提：「這話你應該更早就說的，現在已經不合適了。」

然後又大聲說：「現在你知道，世上除了你之外還有別人，你從以前到現在都只想著你自己！你其實就是個無知的小孩，而且你還是個惡魔般的人——所以說：我現在宣判你受溺斃之刑！」

格奧感受到自己被逐出這個房間，他還聽見身後傳來父親跌坐在床上的巨響。在樓梯間，他像是衝下斜坡般趕著下樓，撞上了正要上樓打掃隔夜房間的女傭。「老天！」她喊道，用圍裙遮住自己的臉，但他已經快速跑開。他跳出家門，一股力量驅使他越過車道，奔向河岸。他的手緊抓著欄杆，如同飢腸轆轆的人抓著食物。他像個優秀的體操選手一樣翻了過去，青少年時期他的父母還曾因此為他深感驕傲。他再次握緊欄杆上逐漸鬆開的雙手，從欄杆間他窺見一台公車駛過，正好可以輕易地蓋過他落水的聲響，於是他輕聲喊：親愛的父母親，我一直以來都很愛你們！」然後放手讓自己落下。

在這一瞬間，橋上是無盡的車水馬龍。

（吳佳馨譯）

輯一

在流放地

In der Strafkolonie

「這是一個獨特的裝置。」軍官對這位科學考察旅者說，並帶著某種程度上欽佩的目光，看著這台他一定已經非常熟悉的機器。這位旅者似乎只是出於禮貌而回應指揮官的邀請，列席一名士兵的處決儀式，這位士兵因不服從上級及侮辱上級而被定罪。在流放地，人們對這次處決的興趣可能也不大。至少在這裡，在這個被光禿禿的山坡包圍的沙質小山谷裡，除了軍官和旅者之外，還有那個死刑犯──一個頭髮鬍鬚蓬亂，遲鈍、大嘴的男人，以及一個士兵在場。士兵的手上拿著一條沉重的鐵鍊，鐵鍊上還有小鐵鍊，小鐵鍊就拴在死刑犯的腳踝、手腕和脖子上，這些鏈條由連接鏈互相連接在一起。另外，這個死刑犯看起來像狗一樣忠誠，讓人覺得似乎可以放任他在斜坡上自由奔跑，在處刑開始之前只需要吹聲口哨，他就會回來了。

考察旅者對於這個裝置看來不太感興趣，當軍官時而爬進裝入地下的機器下方，時而爬上梯子檢查上方，做著最後準備工作的時候，他跟在犯人身後來來回回走著，置身在外的心態幾乎明顯可見。這些應該是讓機械工程師做的事，軍官卻做得非常積極，可能是他特別醉心於這架機器，又或者有其他原因，以致這項工作除了他之外別人都不能做。「一切都準備好了！」他終於喊道，並從梯子上爬下來。他看來非常累，張大嘴巴喘氣，兩條細緻柔軟的女用手帕塞在制服領子後面。「這套制服對於熱帶地區來說太厚重了。」和軍官預期的不同，旅者不問有關設備的問題，而是這麼說道。「對啊。」軍官說，在已放在一旁的水桶裡，他洗了洗被油汙沾髒的雙手。「可是制服代表國家，我們可不想失去國家——您看，這台機器——」他即刻插話，用布擦乾雙手的同時，又去指著設備。「到目前為止它都需要人力操作，從現在開始機器可以獨立運轉了。」旅者點點頭，跟在軍官身後。軍官不斷地保證機器運作不會發生任何意料之外的事，然後才說：「當然有時候還是會故障，我雖然希望今天不會有意外，但是我們還是得有心理準備。這套設備按照常理可以持續十二小時不間斷地運作，如果到時候真的發生故障，也會是很小的故障，一定馬上可以修好。」

「您不坐一下嗎？」最後他問，他從一堆藤椅中抽出一張椅子請旅者坐，旅者無法拒絕。現在他坐在一個坑的旁邊，他很快地朝坑裡看了一眼，坑沒有很深。從坑裡挖出的泥土堆在一側變成一堵牆，坑的另一側是那一台機器。「我不知道，」軍官說，「司令是否已經跟您解釋過這套設備。」旅者做了一個不肯定的手勢，軍官要的就是這個，因為現在他可以自己解釋了。「這個機器呢，」他說著，一邊伸手去抓他倚靠著的一個旋轉軸的曲柄，「是我們以前司令的一個發明，第一次試驗的時候我就參加了，所有的製造過程我都在場，一直到機器完成。您聽說過我們以前那個司令嗎？沒有？好吧，現在如果我告訴您，整片流放地的建設都是他的功勞，可一點都不誇張。我們──他的朋友們，在他去世的時候就已經知道，流放地的結構是這麼的完整，以至於即使他的繼任者腦子裡有一千個新的計畫，至少在這些年內，也改變不了舊有的。我們的預測也實現了，新的司令不得不承認這一點。可惜您不認識以前的司令，啊──」軍官停頓了一下，「我就知道囉嗦，他的裝置不就在我們面前嗎？這個機器如您所見，由三個部分組成，隨著時間，這三個部分的每個部分某種程度上都得到了俗稱。下面那個部分叫做床，上面那個叫做繪製機，中間這個懸浮著的部分叫做耖。」

「耖？」旅人問。他沒有很專心地聽，強烈的陽光充塞在沒有影子的山谷裡，叫人很難專心。這也讓他更加佩服眼前這名軍官，他穿著緊身的束腰外套、外套上肩章沉重、掛著細繩像要去遊行般，還能這麼熱心地解釋這些。而且，他說話的時候手上還拿著螺絲起子，這裡那裡四處忙著檢查螺絲。士兵的狀態似乎跟旅者類似，他把牽著囚犯的鍊條纏繞在兩個手腕上，一隻手撐在他的步槍上，頭在脖子上往後倒，對什麼都漠不關心。旅者一點都不訝異，因為軍官講的是法語，而對於法語，不論士兵或者囚犯顯然都聽不懂。也因此囚犯還費心地在聽軍官的解釋，就更不尋常，他的目光雖然遲緩但是還是堅持地跟隨著軍官，看向他所指的地方，而當軍官被旅者的問題打斷時，他也像軍官一樣，看著旅者。

「是的，耖。」軍官說，「這個名字很合適。機器上的尖針也像在農具耖上一樣，像耙齒一般地排列，操作也像耖一樣，雖然機器只固定在一個地方，而且藝術性得多，它還是適合叫做耖。您馬上會明白的。受刑人在床上躺下——我先要描述的是機器的部分，然後再讓過程自己跑，您對機器如何運作會更有概念。另外的原因是，在繪製機的那個部分有一個齒輪被打磨得太銳利，機器運作的時候，它所發出的聲音大到會讓我們幾乎聽不見對方說什麼。替換的零件在這裡很難取得——那麼，這裡是床，我剛剛才說過，這張床完全被棉層包覆住，為什麼呢？我先賣個關子。受刑人在棉層上肚子朝下躺著，當然是裸體躺上去，這裡是放手，那裡是放腳的地方，這裡是綁脖子的皮帶，讓他固定不能動。床在囚犯的頭這一端，像我剛剛說的，躺著犯人臉部的地方，有一個小小的毛氈包住的短椿，這樣可以很容易調整，就直接塞入受刑者嘴巴裡。這個短椿的作用是阻止犯人尖叫，或者咬舌自盡。當然，受刑人必須把毛氈短椿吃進嘴裡，否則他的脖子會被皮帶折斷。」「這是棉花？」旅者身體向前傾，問道。「是的，當然。」軍官微笑，「您自己摸摸看。」他抓起旅者的手，領著他的手到床上。「這是一種特別織製的棉，所以看起來不像棉。我等一下再回頭解釋它的功用。」旅者已經有一些被這個設備說服，手放在眼睛前面遮擋著陽光，他抬頭往上看著裝置。這是一個很大的建置，床和繪製機的大小一樣，看起來像兩個深色的箱子。繪製機高於床體大約兩公尺，兩者的角落由四根黃銅的柱子連接著，在陽光下幾乎能將光芒射出去。鋼做的纜繩吊住耖這個機體，讓它在上下兩個箱子之間懸浮著。

之前旅者漠不關心的態度，軍官幾乎沒有察覺，他現在開始表露好奇，軍官卻立刻感受到了。因此軍官暫不解釋，好讓旅者有時間不受干擾地觀察。囚犯學著旅者的樣子，但是他的手被綁住無法舉起遮擋陽光，所以他瞇著沒有遮擋的眼睛往上看。

「現在，受刑人躺在上面了。」旅者說，在扶手椅上往後一靠，腿交叉著。

「是的，」軍官說，把帽子稍稍往後推，手拂過發熱的臉，「請注意了！床和繪製機各自有自己的電池。床的電池給床本身供電，繪製機的電是給耖的。受刑人被固定好之後，床便開始運作，它會左右、上下輕微快速地抖動。您一定在精神病院裡見過類似的設備，我們的床和那些設備的不同點在於，所有的動作都精準地被計算過，這些動作必須與耖的動作極其嚴密地協調一致，而判決的實際執行就靠耖這個機體。」

「判決的內容是什麼？」旅者問道。「這個您也不知道？」軍官詫異道，咬一下自己的嘴唇說：「請原諒我沒頭沒尾就開始解釋，我向您鄭重道歉。解說的這項任務之前都是司令自己做的，但是現任司令不執行這個榮譽義務也就罷了，甚至不向我們尊貴的訪客，」——旅者試圖用雙手擋掉這個尊稱，但軍官堅持這樣表達——「告知我們的判決，這真的又是一項新紀錄——」咒罵的話都已經在嘴邊，但是他忍住，只說：「我沒有被告知，錯不在我。但是我是最適合解釋我們的判決種類的人，因為我這裡還帶著，」——他翻開胸口的衣袋——「前任司令的擬稿。」

「司令本人的手稿？」旅者問：「他一個人代表全部的人？他是士兵、法官、設計師、化學家、製圖師傅？」

「沒錯！」軍官點頭，他的眼神僵直、若有所思。然後他審視般地看著自己的手，他的手好像不夠乾淨去碰文件似的，他走到水桶邊，再洗一次手。然後才把一個小小的皮質的文件夾拿出來，說：「我們的判決聽起來並不嚴格。所犯的法條會用耖寫在犯法的人身上。例如說這個被判刑的人，」——軍官手指著那個人——「在他身上會被寫下：尊重你的長官！」

旅者迅速地看那個人一眼，軍官手指著他的時候，他垂著頭，好像集中所有的精神在聽力上，想聽懂任何什麼。但他緊閉著鼓脹的嘴唇的動作明顯表示，他什麼都無法聽懂。旅者有很多問題想問，但是此刻他在那個人的面前只問：「他知道他被判了什麼刑嗎？」「不知道。」軍官說完，馬上想繼續他的解說，但是旅者打斷他：「他不知道他被判什麼刑？」「不知道。」軍官重申一次，然後停頓一下，似乎在期待旅者提出更詳細的理由，為什麼他有這個問題，然後才說：「對他宣布判決是沒有用的，反正他會透過寫在他身體上的判決得知。」旅者正要恢復沉默時，感覺到犯人的眼光投到他身上，似乎在問他，他是否同意所描述的這些過程。原本已經要往後躺的旅者，因此重新向前靠，又問道：「但是他被判刑這件事，他是知道的？」「也不知道。」軍官說道，對旅者微笑，好像在期待旅人還有什麼奇怪的問題。「不知道啊，」旅人手摸額頭說，「那麼這個人現在也還不知道，他的辯護結果如何？」「他沒有為自己辯護的機會。」軍官移開視線，彷彿在自言自語，不想因為講述這些對他來說再自然不過的事而讓旅人難堪。「他一定有過機會為自己辯護，不是嗎？」旅人從椅子上站起來說。

軍官意識到他在解釋儀器時，有被長時間耽擱的危險，於是他朝旅者走過去，勾住他的手臂，用手指向現在那個立正站著，注意力明顯集中在他身上的犯人，甚至士兵也拉緊鍊子──並說道：「事情經過如下：我被任命為流放營的法官，雖然我還很年輕。原因是前任司令執行處決時我都在旁，我也最熟悉這套機械。我做決定所根據的原則是：罪責永遠是不容置疑的。這個原則其他法院不能同意，因為做決定的人不只一個，而且他們上面還有更高一級的法院。在這裡不是這樣的，至少前任司令在的時候不是。然而，現任司令已經顯現出想干涉我的決定的樣子，但是到目前為止，我都能成功地阻止他，未來我也能夠繼續阻止。您想聽這個案件的解釋，它和其他案件一樣都很簡單。今天早上，一名上尉來舉報，說這個被分配給他當僕役、睡在他門前的人因為睡過頭沒有盡到職責。這個人有義務在每次打鐘的時候起來，在上尉的門前敬禮。這絕對不是難以辦到的義務，但是這是必要的義務，他既必須守衛又必須服侍長官，所以要隨時保持清醒。這名上尉昨晚想檢查他的侍衛兵是否盡到義務。凌晨鐘敲兩點的時候他打開門，發現侍衛兵縮成一團在睡覺。他拿出馬鞭抽打侍衛兵的臉，侍衛兵不但沒有立即站起來請求長官原諒，還抱住長官的腿搖晃大喊：『把鞭子丟掉，不然我把你吃掉！』——這就是事情的經過。這位上尉一個小時之前來找我，我把他的陳述寫下來，接著判決，然後我讓人去把他銬起來。這一切非常簡單。如果我把這個侍衛兵叫來問，只會產生混淆不清的狀況。他可能會撒謊，如果我成功反駁了他，他會否認所撒的謊，用新的謊言代替，沒完沒了。現在我抓住了他不會再放他走。一切都解釋清楚了嗎？時間過得很快，處決執行早就應該開始了，我還沒有解釋完這套設備。」他強迫旅者坐回椅子上，然後回到機器旁邊，開始說：「如您所見，耖的形狀符合人體形狀，這裡是處理上半身的耖，這邊是處理腿的。給頭部用的只有這支小小的針。您明白了嗎？」他友善地向旅者彎下腰，準備給出最全面的解釋。

旅者皺著眉看著耖，他被告知的判刑過程並不讓他滿意。他只能對自己說，這裡畢竟是一個流放營，這裡需要特別措施，並且到最後都要遵循軍法。不過，他倒是對這個明顯企圖引入新的審判程序的新司令抱著希望，雖然速度緩慢，雖然對於新程序，這個頭腦簡單的軍官無法理解。一想到這裡，旅人問道：「處刑的時候司令會列席嗎？」「這個還不知道。」被問到他沒有準備的問題而感到尷尬的軍官，頓時友善的臉變色：「正是因為如此我們才需要加快速度，雖然我覺得很遺憾，但是我恐怕必須縮短解說。等明天設備被清理乾淨之後，又會變得污穢不堪，應該是這套設備唯一的缺點，再跟您補上進一步的解說。現在我們說明必要的環節就好。當犯人躺在床上，而床開始晃動時，耖會降到犯人身上。它會自我調整到只有針尖一點點接觸到犯人的身體。這個設置完成之後，吊住耖的鋼纜立即收緊成為桿子，現在運行可以開始。從外觀看起來，不知內情的人無法辨別，這種處罰有什麼不同，耙的運作似乎單調沒有變化。它抖動著將針尖刺進躺在床上的身體。為了讓人可以檢查刑罰的執行過程，耙是玻璃製成的。如何將針固定在玻璃上，當時技術上有困難，不過實驗多次之後都解決了，我們不怕辛苦。現在每個人都能透過玻璃看到針如何在身體上刻字。您不想靠近一點來看看這些針嗎？」

旅者緩緩地起身走過去，在耙上傾身。「您看，」軍官說，「兩種針交織錯置，每支長的針旁邊就有一支短的針，長針是寫字用的，短針則噴出水來把血洗淨，讓寫出來的字保持清晰。血水被引導到細渠裡，最後流入這條主渠，而它的排水管通向坑裡。」軍官用手精準地指出血水必經的路線。當他為了盡可能地清楚展示，假裝用雙手去接排水管的出水口時，旅者抬起頭，用手向後摸索著，想要坐回他的椅子上。這時他驚恐地發現，那個死刑犯也和他一樣，遵循著軍官的解說，就近觀察了耙這套設備。他把拉著鍊子且昏昏欲睡的士兵向前拉近，也在玻璃上方彎腰觀察。可以看到他用不確定的眼神在尋找兩位先生剛剛所觀察的東西，但是他沒有找到，因為他對於解說無法理解。他這邊俯首，那邊傾身，眼光不斷地反覆察看玻璃。旅者想把他趕回去，因為他這麼做可能會受到處罰。但是軍官一手拉住旅者，另一手從牆上取下一塊土，朝士兵擲去。士兵猛地睜開眼睛，看到死刑犯居然膽子這麼大，他放下步槍，腳跟蹬地一聲，把犯人拉回來，犯人立刻跌倒，士兵低頭看著他扭動鐵鍊，發出鏗鏘的聲音。「把他扶起來！」軍官喊道，因為他發覺旅者太專注囚犯而分心了。旅者甚至完全沒有注意到自己俯身在耖上，一心只想知道犯人怎麼了。「管好他！」軍官再次大喊。他繞過裝置，自己親自去扶犯人的腋下，在士兵的幫助下把屢屢腳滑的犯人扶起來站好。

「現在我都了解了。」當軍官回到他身邊時，旅者說道。「除了最重要的，」軍官說，並抓住旅者的手臂往高處指：「在繪製機那組機械，是控制耖這個機體運作路線的齒輪系統。而這組齒輪的排列組合是根據判決書的內容來製作的。我仍在使用前任司令的圖紙，請看。」他從皮製文件夾裡抽出幾張紙，「這圖紙，很抱歉我不能讓您拿著，我的這些圖紙是很珍貴的。請您坐下，我從這個距離拿著，一切您都可以看得很清楚。」他拿著第一張紙展示，旅者很想說一些讚美肯定的話，但是他只看到像迷宮一樣交互纏繞的線條，密密麻麻地布滿整張紙，很費力地尋找才看得出其間的白色空隙。「請讀。」軍官說。「我讀不懂。」旅者說。「這不是很清楚嗎？」軍官說。「很藝術，」旅者避重就輕地說，「但是我解讀不出來。」「是吧。」軍官說道，微笑著把文件夾放回口袋。「這不是給小孩學寫字的漂亮字體，必須要花時間才能看懂。您最終也會認出來這些是什麼字。當然這不能是簡單的文章，這篇判決文書不能讓犯人馬上死亡，而是要讓處刑過程平均歷時十二小時，轉捩點被設計在第六個小時，所以除了判決的實際意義之外，還必須有很多很多的裝飾修辭。真正有實質意義的判決文字，只會分布在身體上一條窄窄的地帶，身體其餘部分是給修辭文字的。您現在不得不崇拜秒這個部分和整套設備了吧？——請看那邊！」他跳上梯子，轉動一個輪軸，往下面大喊：「小心！請靠邊站！」整架機械便轉動起來。如果那個輪軸不吱嘎地叫的話，一切都很完美。當軍官驚訝地發現這個有點故障的輪軸時，他威脅地對它舉起拳頭，然後朝旅者抱歉地伸出手臂，快速地爬下梯子，以從下面觀察機械的運轉。還有一些只有他能察覺的什麼還沒上軌道，他重新爬上梯子，雙手並用地去抓在繪圖機裡的某些東西。然後為了貪快不用梯子，而是攀住一支柱子滑溜下來，為了在機械轟轟聲中讓人聽懂，他在旅者耳邊大喊：「過程您清楚了嗎？耖開始寫字；當耖在犯人的背上寫出判決書的第一階段後，棉布會開始捲動，慢慢地將床上的身體翻至側邊，為耖騰出新的空間。現在因為身體被針刺傷的那一面在棉墊上，這個棉墊透過事前的特殊準備能夠馬上止血，以便讓重新開始的書寫針尖能刺入。耖側邊這裡的鋸齒在身體翻面時，會將傷口上的棉墊扯開，並將棉墊捲起來送進坑裡，耖又有工作可以做了。就這樣耖不停地書寫十二個小時之久，開始的前六個小時，受刑人活得和之前沒有什麼不同，他只會在疼痛下受苦。兩個小時之後包著氈布的短樁會被移除，因為受刑人已經沒有力氣叫喊。頭部這一端有電熱加溫的盤子盛著溫熱的米粥，如果受刑人想要的話，他可以食用，只是他得用舌頭去舔攫。沒有人會錯失這個進食的機會，我所知道的人裡是沒有的，而我的經驗很豐富。直到第六個小時後，犯人才會失去對吃的興趣。通常我在這個時候會跪下來，觀察這個現象。犯人的最後一口食物通常不會吞下去，只會含著讓食物在嘴裡反覆翻轉，然後吐到坑裡。我得彎腰躲開，不然就吐到我臉上了。在這第六個小時中，犯人是那麼安靜！最愚蠢的人在這時候也開始醒悟了。醒悟從眼睛周圍開始，然後擴散出去。目睹這個景象會讓人想一起躺在耖下。除此之外，其實沒有什麼其他的事情發生，犯人只是開始去解讀文字，他嘟著嘴巴好似在聆聽。如您所見，用眼睛去解讀這些文字不是容易的事，我們的犯人解讀的方式是透過他身上的傷。這當然是非常辛苦的，他需要整整六個小時去完成。這之後耖刺穿他的全身，將他啪地丟進坑裡的血水和棉墊裡。然後刑事法庭處刑結束，而我們——我和這位士兵，便將他掩埋。」

旅者耳朵靠近軍官，手插在外套口袋裡看著機械運作。被判刑的囚犯也不知情地看著機械在運作。他稍稍向前傾身，眼睛跟隨著晃動的針轉動。軍官一示意士兵，他就用刀從犯人後面將他的上衣和褲子割開，讓衣服散落。犯人想抓住滑落的衣服遮蓋裸露出的身體，但是士兵將他舉高，把他身上剩下的衣物抖落。軍官關閉機器，在運作聲音停止的寂靜中，犯人被放進耖下。鎖鍊都被解開，取而代之的是綁緊的皮帶。在開始的這一刻，對被判刑的人來說似乎代表一種解脫。現在耖的高度被降下一些，因為躺在上面的是一個削瘦的人。當針尖碰到他時，一串水珠跟著灑到他的皮膚上。士兵在忙著綁住犯人右手的同時，犯人不辨方向所伸出的左手，剛好就是對著旅者所站的位置。軍官從旁目不轉睛地看著旅者，彷彿試圖在旅者的臉上解讀軍官粗略解釋的處決過程，對旅者所造成的印象。

固定手腕的皮帶斷了，也許是因為士兵太用力拉扯。士兵對軍官指指斷掉的皮帶，並示意他幫忙。軍官靠過去，臉轉向旅者說：「這組機械互相之間是非常緊密接合的，一定是這裡或者哪裡有什麼斷了或者壞了，但是不能因此而影響整體的評估。另外，皮帶立刻就有備案可以換掉，我打算用鐵鍊，震動的細緻度對右手臂因此會有些影響。」在他換上鐵鍊的同時，他還說：「器械保養的經費現在限制很大。前司令時期我有一個特別給這套設備的專用經費，可以自由取用。

這邊有一間專門儲放各種可能配件的倉庫。我承認，在這方面的花費幾乎可以說挺浪費，我是說以前，並不是現在。現在的指揮官認為，養護陳舊設備所需的一切，都只是藉口。現在他親自管理機械費用，我為了得到新的皮帶，要將扯壞的皮帶作為憑據上繳，新的還要十天之後才會領到，而且還是劣質品，根本不堪使用。現在我在沒有皮帶的情況下怎麼讓設備運轉，沒有人在乎。」

旅者陷入沉思：在陌生的環境中對決定性的事物說三道四是危險的。他既不是這個流放地的居民，也不是這個國家的國民。如果他想譴責甚至阻止處刑，人家可以說：你不是這裡的人，閉嘴。而他也無從辯駁，只能補充說明是自己不理解這個事件，他作考察旅行為的是見識，絕對不是為了改革外國法院的憲法。但是現在這個案子的確讓人忍不住想介入，審判不公正和行刑不人道是無庸置疑的，任何人都不會認為旅者有任何私心，因為這個被判刑的人對他來說是一個陌生人，不是同胞，也不是一個會引起憐憫心的人。旅者有高層的關係，在這裡得到非常的禮遇，他被邀觀看處決這件事，甚至代表著他對這個法庭的想法是被關注的。而正如他現在再清楚不過地聽到，現任指揮官並不支持這一司法過程，對軍官的態度幾乎是敵對的，所以他對這個司法程序的意見是被看重的，就更有可能了。

這時旅者聽到軍官一聲憤怒的大叫。當受刑人閉上眼睛不受控制地想吐，也真的吐出來時，他正在──並不是不費力地──把短椿塞進受刑人的嘴裡。軍官趕忙將犯人的頭抬高、將短椿從他嘴裡拉出來，並企圖把他的頭轉向坑那邊。但是他反應得太遲，嘔吐物已經漫溢在機械上。「這一切都是司令的錯！」軍官大叫，不自覺地去搖晃前面的黃銅柱子。「機器現在像豬圈一樣骯髒了。」他用顫抖的手指指給旅人看剛才發生的一切。「我沒有花時間跟司令解釋嗎？從處刑前一天起，不能再給餐！可是新的懷柔政策就不這麼認為，司令的夫人在犯人被帶走之前，一直用各種好吃的東西把他餵得飽飽的。他這一輩子從來只有臭掉的魚可以吃，現在卻必須吞下山珍海味。這也不是不可以，我也沒什麼好反對的。但是為什麼就不肯讓我購買三個月以來一直在申請的新氈布呢？把被一百多個人臨死時吸吮和咬嚙的毛氈放進嘴裡，怎麼可能不噁心想吐？」

囚犯把頭放下，看起來很平和，士兵則忙著用囚犯的上衣擦拭機械。軍官走向旅者，旅者似乎有預感地向後退一步，但軍官抓住他的手，把他拉到一邊。「我想私下跟您說幾句話。」他說，「可以吧？」「當然。」旅者說，垂下眼睛傾聽。

「您現在有機會欣賞的這個司法過程和處死方式，在我們這個流放區域裡已經沒有人贊同了，我是唯一的代表，同時我也是老司令遺言的唯一繼承代表。將這套司法繼續擴展，我想是不可能的了，維持現有的規模已經用盡了我的全力。老司令還活著的時候，營裡滿滿都是他的擁護者。老司令讓人信服的能力我也有一些，但是他的權力我一點都沒有啊！也因此大家害怕地躲起來，擁護者雖然還有很多，只是沒有人敢承認。如果您今天，也就是在死刑被執行的這一天，去茶館喝茶，您也許只會聽見模稜兩可的說法。這些人都是擁護者，但在現任指揮官的領導下，以及現代的觀念下，這些人對我來說已經完全沒有用處。現在我問您：單只是因為現任司令和能影響他的夫人，這個畢生事業──」他手去指那套機組──「就應該消亡嗎？我們可以讓這種事情發生嗎？即使我們只是外國人，只在島上停留幾天？我們沒有時間可以浪費了，他們已經在準備干預我的司法審判權，司令部已經在進行磋商，但我沒有被邀請參加；在我看來，就連您今天的來訪也說明了整個情況。他們真是懦弱，居然派您──一個外國人──出面。以前處決儀式是多麼的不同啊！在死刑執行的前一天，整個山谷就已經站滿了人，所有的人都是來觀看的。清晨的時候，司令偕夫人一起出席，號角喚醒整片營地。我報告司令萬事已俱備，高層將領──沒有人敢缺席──便環繞在這套設備的旁邊，這些藤椅是那個時候遺留下來的可憐殘餘。機械被擦拭得閃閃發光，幾乎每次處刑我用的都是新的零件。幾百雙眼睛前面──所有觀看的人直到那邊的山上都踮著腳尖──司令親自將受刑人送到耖的下面。今天隨便哪個士兵都被准許做的工作，當時是我這個司法院長的工作，而且這個工作讓我感到萬分榮幸。於是，處決開始！沒有任何不該有的聲音干擾機器運作。有些人不再觀看，而是閉著眼睛躺在沙上。所有的人都知道，現在正義得到伸張。一片寂靜中只能聽到死刑犯嘴裡塞了毛氈而聽起來悶悶的哀嘆。今天，機器能夠從受刑人身上壓榨出的哀號，沒有比塞了毛氈窒息的哀嘆更強烈的。當時在針尖寫字的同時，還會滲出現今已經不再允許使用的酸液。現在第六個鐘頭來了！滿足所有要在近處觀看的人的要求，是不可能的。司令按照自己的觀念下令，尤其是孩子必須被顧慮到。當然我總是以我的職權全力支持。我經常蹲在那邊，在我的懷裡一左一右抱著兩個小小孩。我們是如何地接收受折磨的臉上所顯現的領悟表情，如何地用臉頰迎接這個終於實現，但卻也消逝的正義的光芒！多麼美好的時光啊，我的同志！」軍官顯然忘了站在他面前的人是誰，他抱住旅者，將頭靠在他的肩膀上。旅者感到非常尷尬，他不耐煩地無視軍官。士兵完成了清潔工作，此刻正在開罐頭，將米糊倒到盤子裡。幾乎沒有注意到這些的受刑人，看起來已經完全恢復過來，他開始用舌頭去舔米糊。士兵一直把他擋開，因為這些粥是為了較遲的時間點準備的。而且士兵也用骯髒的手去撈米糊，還當著渴切的受刑人面前吃，這也很不合宜。

軍官很快地就回過神來。「我不是故意要碰您，」他說，「我知道，今天要讓人明白昔日是不可能的事情。反正機器仍然在運作，並且它只為自己運行，即使它孤單地立在這個山谷裡。而屍體最終還是以無可理解的輕柔飛進坑裡，即使不再如往日，不會有數百隻蒼蠅聚集在坑的周圍。當時我們不得不在坑的周圍設置堅固的欄杆，但早已被拆掉了。」

旅者不想面對軍官，便漫無目的地環顧四周。軍官以為他在觀察山谷裡的空蕩，所以他握住他的雙手，轉頭面對他，看著他的眼睛，問道：「您注意到這有多丟人了吧？」

但是旅者沉默不答。軍官放開他的手，雙腿分開，雙手插腰，靜靜地站著看著地上。然後他對旅者鼓勵地笑了笑，說：「昨天司令邀請您的時候，我就在您不遠的地方，也聽到了邀請。我認識司令，馬上能理解他邀請您的目的。雖然他的權力大到足以對我採取行動，但是他還不敢這樣做，然而他的確想把我交給您——一個受人尊敬的陌生人——審判。他考慮得非常周密，這是您在島上的第二天，您不認識前司令和與他有相同想法的圈子，您的觀點非常歐式，也許您從根本上就是死刑的反對者，特別是反對這種機械處決，此外，您看著在沒有公眾的情況下執行死刑，尤其還在一台已經有些損壞的機器上——這些條件都放在一起（司令是這麼想的）的情況下，您豈不是很容易就會認為我的程序不是正確的？而如果您認為這是不正確的，就不會保持沉默（我仍然是站在司令的立場說話），因為您當然相信，您經過許多試煉的信念，也一定已經看過並學會尊重許多民族的獨特性，因此您可能不會像身在自己的國家時那樣，使出全力反對這個程序。但指揮官根本不需要這些。一個敷衍性的、不經意的字眼就夠了。如果表面上符合他的願望，就不必與您的信念相符。他會用他所有的狡猾來套問你，這我很確信。他的家眷會圍著坐下，豎起耳朵；而您大概會說：『在我們那裡司法過程不是這樣的』，或者『在我們那裡判刑之前要經過法庭審判』，或者『在我們那裡，刑求已經是中古世紀的事了』。這些全都是非常正確的評註，如果不看整體的話，不會影響我的司法審判的天真說法。只是，司令會如何解讀？我幾乎可以看到他──我們的好好司令，會馬上把椅子推到一邊，趕著跑到陽台，我們的司令夫人又會如何在他身後追趕，我聽到他的聲音──他的夫人稱其聲若響雷──，現在，他會說：『一位旨在考察各國司法程序的西方偉大學者剛才說了：我們按照舊習的做法是不人道的。一位這樣地位的人說出這樣的判斷後，對我來說，這種司法過程理所當然不能再被容忍。因之，從今天開始我下令──等等等等。』您想打斷他，您沒有說他所宣稱的話。您沒有聲稱我的程序不人道，相反地，完全符合您深沉的思想，您會認為這是最人道的、最有人性尊嚴的。您也讚嘆這套設備──可是太遲了，您完全擠不進陽台，陽台上站滿了女眷。您想引起注意，您想大叫，但是一隻女性的手摀住您的嘴──而我和前司令的作品就輸了。」

旅者必須費力忍住不笑出來，原來他以為很艱鉅的任務原來這麼簡單。他避重就輕：「您太高估我的影響力，司令看過推薦我的書函，他知道我對司法程序沒有概念。如果我說出我的意見，那只是一個個人的意見，不比其他隨便任何一個人的意見重要，據我所知，比起在這個流放地擁有非常膨脹權力的司令的意見，我的意見絕對更無意義。如果他對這個程序的看法，如您所信的那麼明確，那麼恐怕這種程序已經走到盡頭，不需要我微薄的幫助。」

軍官理解了嗎？並沒有，他還不明白。他劇烈地搖搖頭，回頭看了一下受刑人和士兵，他們兩個嚇一跳，不敢吃粥了。軍官走到離旅者很近的地方，不看他的臉，而是看他外套上的某個地方，比剛剛更輕聲地說：「您不認識司令，您對他和對我們所有的人——請您原諒我這麼表達——在某種程度上都是無害的。您的影響力，請相信我，大到不能再大。當我聽到，您是唯一見證行刑的人時，我非常高興。司令這個命令原本是為了打擊我，但是現在我把它轉變成於我有益的狀況。就像錯誤的建議和輕蔑的目光，在較大型的觀看執法儀式中無法避免一般，您也沒被錯誤的建議和輕蔑的目光所干擾，傾聽了我的解說，察看了機器，現在您正在觀察處決執行。您的判斷想必已經成形，如果還有任何不確定性，看著執行過程就會消除。現在我向您提出請求，請您在司令面前助我一臂之力！」

旅者不讓他繼續說下去，「我怎麼有辦法呢，」他叫出聲來，「這完全是不可能的！我對您有益的程度如同我對您的無害是一樣的。」

「您辦得到的，」軍官說。旅者帶著些許恐懼地看著軍官握緊拳頭。「您辦得到，」軍官更加迫切地重複這句話。「我有一個一定會成功的計畫。您相信您沒有足夠的影響力。但是我知道，您的影響力絕對夠大。但是承認了您是對的，那就沒有必要再想盡一切辦法——即使一切也可能是不足夠的——去保留這個司法程序了？請您聽聽我的計畫，計畫執行中尤其重要的是，您對今天在營地裡目睹處決過程的想法，表達要盡可能地含蓄。如果沒有人問起，您絕對什麼都不要說。您的說法必須簡短以及含糊不明確。要讓人覺察，您對於談論它感覺很困難也很痛苦，如果要您公開談論，您會口不擇言地破口大罵。我要求的，不是要您說謊，絕對不是，您要做的只不過是簡短地回答，像『有，處決的執行我看了。』或者『有，解說我聽了。』就這樣，這樣就好。您身上讓人感受到的痛苦，就是足夠的理由了，即使這不是司令的原意。他當然會徹底誤解，並且以他自己的方式去解釋。而我的計畫便是奠基在這上面。明天，司令部在司令的主持下將召開所有高級行政官員都要參加的大型會議。司令當然明白如何把這樣的會議變成一場秀。他會設立一個高層樓座，並讓樓座裡一直擠滿觀眾。我被迫參加諮詢會議，但是憎惡的心情讓我動搖。現在您一定會被邀請參加明天的會議；如果您今天按照我的計畫行事，這個邀請就會變成一個迫切的懇求。但是如果出於某種未知原因您沒有被邀請，請您必須要求參加會議。當然，您會被邀請是無庸置疑的。現在的情況是，您明天就會和女眷們一起坐在司令的包廂裡。他會經常抬頭看看您是不是還在。各種無關緊要的、可笑的、只為聽眾設計的談判議題——大部分是港口建設，翻來覆去就是港口建築！法庭訴訟程序這個題目也會進行討論。如果司令那邊不討論或者不盡快討論這個議題，我也會確保它發生。我會站起來報告今天的執行情況，非常簡短地，也只報告這則消息。這類的報告其實並不常見，但我還是要這麼做。司令會感謝我，和一直以來一樣，臉上帶著親和的微笑，但是現在他會沉不住氣，會抓住這個好機會。『剛剛，』他會這樣或者類似這般地說，『我們聽到了處決情況的報告。對於這個報告我只想補充一點，正好在這次執行處決時，這位偉大的研究員在現場，他的來訪讓我們營區蓬華生輝，你們都是知道的。因為他的出席，我們今天的會議的重要性也增加了。現在我們難道不想問問這位偉大的研究者，他如何看待按照舊習所執行的死刑以及執行死刑之前的程序？』他說完這段話後，當然會掌聲如雷，所有人都會點頭如搗蒜，尤其我會響應得最熱烈。司令會向您俯身邀請，說：『那我代表大家向您提問。』現在您走到護欄的前面，把手放到大家都看得見的地方，否則女眷們會抓住您的手，玩弄您的手指。現在您終於可以發表談話了，我不知道到那時候之前這幾個小時的緊張，我該如何忍受。您不必在演說中設定任何界限，只要把事實大聲說出來，將身體探出欄杆，大聲喊叫，是的，朝司令大聲喊出您的意見，您不可動搖的意見。也許您根本不想這麼做，這不符合您的個性。在您的國家中，在這種情況下也許有別的做法，這也是對的，這樣也很足夠，您完全不需要站起來，您講幾句話就好，小聲地說，聲音的大小只需要坐在您下方的官員可以聽到就好，這就足夠了。您甚至不必抱怨處決執行時沒有人觀看，不必抱怨嘎吱響的齒輪、斷掉的皮帶、噁心的氈毛短樁，不用，其餘的一切交給我就好。而且，相信我，若是我的演說沒有把他趕出大堂，也必會迫使他跪下，讓他必須承認：老司令，我向你一鞠躬。——這就是我的計畫，您願意幫助我實現這個計畫嗎？當然您會願意，不僅如此，您必須幫助我。」軍官握住旅人的雙臂，呼吸粗重地看著他的臉。他說最後幾句話的時候，叫喊的聲音連士兵和受刑人都注意到了。雖然他們什麼都聽不懂，但他們還是停下了吃飯的動作，嘴裡咀嚼著食物往旅者這邊看。

要給出的答案對旅者來說，從一開始就是確定的。他這一生的經歷多到不會因身處在此就動搖。基本上他是正直、無所畏懼的人。儘管如此，在士兵和囚犯的眼光下，他還是猶豫了一下。最終他還是說出他必須說的：「不。」軍官的眼睛眨了好幾下，但是眼光一刻也沒有從他身上移開。「您要我解釋嗎？」旅人問。軍官無聲地點頭。「我是這個司法程序的反對者。」旅人說，「在您開始信任我之前，我已經是反對者了——您的信任，我在任何情況下都不會濫用的——我已經想過我是否有權利干預這個程序，以及若是我採取行動，即使機會很小，又是否有成功的機會。首先我必須去找誰，這我很清楚：理所當然是司令本人。您讓我更加清楚明白，卻沒有鞏固我的決定，相反地，您真誠的信念感動了我，即使這個信念不能改變我的心意。」

軍官維持沉默，轉向機器，抓住一根黃銅棒，然後稍微向後抬頭看著繪圖機，好像在檢查是否一切正常。士兵和受刑人似乎變成了朋友。受刑人儘管緊緊地被束縛，仍然掙扎著向士兵做了個信號。士兵向他俯身，受刑人低聲地對他說了些什麼，士兵點點頭。旅人跟在軍官身後，說：「您還不知道我想做的是什麼。我會告訴司令我對程序的看法，但不是在會議上，而是私底下；我在這裡停留時間也不會久到有時間參加任何會議；明天一早我就會動身離開，或者至少登上船。」

看起來軍官並不像在凝神聆聽的樣子。「所以這個過程並沒有讓你信服，」他自顧自地說，微笑著，像一個老人對孩子的胡言亂語微笑一般，但微笑背後維持著他真正的想法。

「所以時間到了，」最終他說，並突然用明亮的眼神看著旅者，眼中含有某種敦促與請求，某種呼籲或召喚。「什麼時間到了？」旅人不安地問，卻沒有得到回答。

「你自由了。」軍官用受刑人的語言對他說。受刑人起先不敢置信。「你現在自由了。」軍官說。受刑人的臉上首次顯露出活著的神氣。這是真的？還是軍官在鬧脾氣，一段時間就會過去？他的臉色露出這樣的疑問。他疑惑的時間沒有多久。不管這是什麼情形，如果可以的話，他真的很想獲得自由，他開始在耖下允許的範圍內搖動身體。

「你要把我的皮帶扯壞了，」軍官大叫，「不要動！我們會幫你鬆綁。」他開始和他揮手示意的士兵一起動作。受刑人默默地，低聲地笑，一會兒臉朝左邊看著軍官，一會兒臉朝右邊向著士兵，甚至對旅者，他也沒有忘記。

「把他拉出來。」軍官命令士兵。因為耖的緣故，把囚犯拉出來時必須很小心。受刑人由於等不及而亂動，背上已經出現了幾處小撕裂傷。

自此軍官就不再管他。他走到旅者面前，再次掏出小文件夾翻閱，終於找到了他在找的那一頁，他拿給旅者看。「請讀。」他說。「我不行。」旅人說，「我已經說過，這些文字我無法解讀。」「請仔細讀讀看這一頁。」軍官說道，還走到旅者身邊和他一起看。這樣也沒有幫助的時候，他用小指在離紙張很遠的上方指示，好似在任何情況下都不能碰觸紙張，但以這個方式讓旅者方便閱讀。旅者也付出努力讓軍官滿意，但是對他來說，看懂還是不可能的。軍官開始將文章裡的字母念出來，然後重新念一次句子。「『要公正！』──這裡這樣寫，」他說，「現在您也會讀了吧。」旅者低俯在紙上，低得讓軍官因為害怕紙張被碰到，把紙頁再拿遠一點。旅者雖然不再說什麼，但是很明顯地他還是解讀不出來。「『要公正！』──這裡這樣寫。」軍官再重申一次。「有可能，」旅者說，「我相信上面是這麼寫的。」「對嘛。」軍官至少有些部分被滿足地說，然後帶著紙張爬上梯子。他非常小心地將紙嵌入繪製機裡，並且顯然完全重新安排了齒輪的配置。這是非常費力的工作，必須處理非常小的輪子，有時候軍官的頭完全消失在繪製機裡，他就是必須這麼仔細地檢查齒輪機組。

旅者從下方不斷地追隨著這項工作，他的脖子漸漸僵硬，被陽光淹沒的天空讓他的眼睛感覺刺痛。士兵和犯人的注意力在彼此身上。犯人的襯衫和褲子已經掉進坑裡，士兵用刺刀把衣服挑出來。上衣髒得可怕，犯人把它放在水桶裡清洗。當他穿好衣服和褲子後，士兵和犯人同時大笑，因為衣服從後面被剪成兩半。也許犯人覺得，他必須娛樂士兵，他穿著殘破的衣服在士兵面前轉一圈，士兵蹲在地上，拍著膝蓋大笑。至少他們還顧慮到有主人在場，沒有太胡鬧。

當軍官在上面終於完成一切之後，他又微笑著把整體的各個部分都看了一遍，他這次關上了之前一直是開著的繪製機蓋子，爬下來，往下看了看坑裡，然後往上抬眼看看受刑人，看到他已經把衣服從坑裡拿出來了，很滿意，然後走到水桶邊洗手，意識到水噁心的髒污已經太遲了，他因為無法洗手而有些難過，最終他把手埋進沙子裡，這個替代品對他來說是不夠的，但是他不得不屈服。然後他站起來，開始解開制服外套的釦子。兩條塞在領子後面的女用手帕先掉到他手上。「你的手帕在這裡。」他說，並把手帕丟給受刑人。對旅者則解釋道：「女士們送給他的。」

雖然他脫下制服外套時明顯地非常急迫，然後赤裸地站著時，他還是非常小心地對待每件衣服，甚至用手指一一撫摸軍服上的銀繩，將流蘇抖順。然而，與這種細心程度不太相符的是，他處理完一件，就立刻氣憤地一扔，丟進坑裡。他留下的最後一件，是配著吊帶的短劍。他把短劍從劍鞘中拔出來，折斷，然後把所有東西——劍的碎片、劍鞘和帶子——都聚攏在一起，然後把這些用力地扔進坑裡，力氣大得使這些東西在坑裡時還叮噹作響。

他現在赤裸地站在那裡，旅者咬緊嘴唇，沉默著。他雖然知道接下來會發生什麼事，但是他沒有權利阻止他做任何事。如果軍官將接受的審判真的那麼近的話，而這可能是旅者認為自己有義務而去干預的結果，那麼軍官此刻的行為便是完全正確的。換成是旅者自己，也會這麼做。

士兵和囚犯一開始時什麼都不明白，甚至連看都不看。犯人得回手帕很高興，但是手帕拿在手上的喜悅沒有維持多久，因為士兵突然地、出乎意料地快速從他手中將手帕奪走。現在，犯人試圖從士兵後面的腰帶上拉出手帕，但士兵很警覺。他們就這樣半開玩笑地鬧著。直到軍官完全赤裸，他們才注意到。尤其是被判死刑的那個人，似乎預感到某個重大變化而震驚。剛剛發生在他身上的，現在要發生在軍官身上。也許如此這件事才能推到極致。也許這是陌生旅者下的命令。這就是報應。自己沒有一直受苦到底，卻被報復到底。一個大大的、無聲的微笑浮上他的臉，而且這個笑容沒有再消失。

但軍官已經轉向機器，如果之前他對這台機器很了解的這件事是很清楚的話，那麼現在讓人驚奇的是，他如何操作這台機器以及如何使機器如此服從他。他只是把手靠近耖，耖就升起、降落了好幾次，直到達到正確的位置來迎接他。

他一碰觸到床沿，床就開始抖動。毛氈短樁也到他的嘴邊迎接，可以看得出來，軍官其實不想把它吃進嘴裡，但是猶豫只維持了片刻，他就屈服了，他把短樁含進嘴裡。一切都準備就緒，只有皮帶還掛在一旁，但是皮帶似乎是不需要的，軍官不必被綁緊。囚犯發覺皮帶還是鬆的，他的想法是，沒有皮帶束縛，處決執行就不完整，他拚命揮手叫士兵，他們跑過去想把軍官綁好。而這邊軍官本來已經伸出一隻腳要去推啟動繪製機的把手，但他看到這兩個人跑過來了，於是他把腳收回，讓自己被綁緊。然而他現在已經碰不到把手了，無論是士兵還是囚犯都找不到把手，而旅者則決心站在原地不動。啟動開關是沒有必要的，皮帶一被連接拉緊，機器就開始運作起來；床搖晃起來，尖針在皮膚上舞動，耖上下浮動。旅者盯著看了一會兒，才想起繪製機的一個輪子應該要嘎吱嘎吱叫，但是一切都很安靜，聽不到半點機械嗡嗡的聲音。

因為運作是這麼安靜，這台機器實際上不再吸引人的注意力。旅者轉頭去看士兵和死刑犯，死刑犯是比較活潑的那一個，機器上所有的一切他都感興趣，他時而俯身，時而挺直身體，食指一直伸出去好指給士兵看一些東西。旅者感到尷尬。他雖然決定要留到最後，但是這兩個人的樣子他無法再忍受。「回家去吧。」他說，士兵可能願意聽話地回去，但是死刑犯卻把這個命令當作是懲罰。他雙手合十懇求著讓他留在那裡，當旅者搖頭不肯讓步時，他甚至跪下。旅者見命令是無用的，就想過去把兩人趕走。這時他聽到上方的繪製機發出聲響。他往上看去，齒輪是否還是故障？但是那不是齒輪的問題。繪製機的蓋子緩緩抬起，然後大大地打開。齒輪的牙齒露出並往上升起，很快地整個齒輪出現，就好像有某個巨大的力量在擠壓繪製機，使得齒輪在裡面不再有空間，輪子轉到繪製機的邊緣掉下來，在沙子裡滾動一下，然後靜止不動。但是上面已經又升起一個齒輪，這個齒輪後面又接著升起許多大小幾乎分辨不出來的齒輪，這些齒輪都發生了同樣的事，總是當你認為繪製機裡一定已經空了，就又出現一個新的、數量特別多的一堆齒輪，升起、落下、在沙上滾動、躺倒。在這個過程中，死刑犯完全忘了旅者的命令，這些齒輪讓他完全著迷，他一直想抓住一個，催促士兵幫他的同時，他嚇得縮回了手，因為另外一個從後面緊緊地跟過來的輪子嚇到他，至少在開始朝他滾動的時候。

旅者則非常不安，這套機器設備顯然要成為廢鐵了，之前寂靜無聲的運轉只是假象。他覺得他現在必須關心軍官，因為他自己已經無法照顧自己了。但是齒輪往下掉這件事吸引了他全部的注意力，以致他疏忽了監督機器的其他部分。然而，最後一個齒輪從繪製機上掉下來之後，他俯身去檢查耖時，一個新的、更糟糕的意外發生。耖不寫字，它只往下刺，而床也不轉動身體，只搖動著抬高，把身體往針下送去。旅者想插手干預，可能的話讓整個運轉停下來，這不是軍官想要的刑求折磨，這是直接謀殺。他伸出雙手，但是耖已經將被刺穿的身體推到旁邊，像通常在第十二個小時的時候那樣。血從幾百個洞裡湧出，沒有和水混合在一起，出水管這次也故障。然後，最後的步驟也失敗，身體無法脫離耖上的針，體內的血流盡了，卻仍懸在坑的上方，不掉落進去。耖要轉回它的原始位置時，因它感應到重量還未解除，便停止運作留在坑的上方。「快來幫忙！」旅者朝士兵和死囚大叫，自己則去抓軍官的腳。他想在這一頭壓住軍官的腳，那兩個人應該在另一邊抓住軍官的頭，這樣他應該就可以慢慢地從針上脫離。但是這兩人卻無法下定決心過來，死囚反而背過身去，旅者必須走到他們身邊，強迫他們去軍官的頭部那端。在這時他違背自己的意願，瞥見屍體的臉。這張臉看起來好像他還活著，看不到被許諾的或救贖的跡象，其他人在機器上得到各自的醒悟，軍官並沒有找到；他的嘴唇幾乎緊閉，眼睛睜著無法瞑目，眼裡看來像是還活著，眼神鎮定有信念，一根大鐵釘的尖端刺穿了額頭。

當旅者身後跟著士兵和囚犯，來到營區的第一組房子時，士兵指著其中一棟說：「這裡是茶館。」

這棟房子的一樓有一個深的、低矮的，像洞穴般，牆和天花板都被煙薰透的空間，面對馬路寬大地敞開著。雖然茶館與殖民地除了司令部的宮殿建築外，其他都十分破舊的房屋差異不大，但仍然給旅者留下歷史記憶的印象，讓他感受到舊時代的權力。他走近茶館，同伴跟在後面，穿過茶館門前擺在街道上空著的桌椅，吸進從茶館裡面傳出來的，涼而潮濕有霉味的空氣。

「老司令葬在這裡。」士兵說，「教堂拒絕他在墓園有一塊墓地。有一段時間，大家都無法決定應該把他埋葬在哪裡，最後就把他埋在這裡了。這些事軍官當然沒有告訴您，因為這是他感到最羞恥的事。他甚至多次在夜間試圖將老司令挖出來，但是老司令總是被驅逐。」「墳墓在哪裡？」旅人問，他無法相信士兵所說的。兩個人，士兵和囚犯，立刻跑在他前面，伸出手指向墳墓所在的地方。他們把旅者一直帶到後面有客人坐的幾張桌子旁邊的牆面。這些客人應該是碼頭工人，體格健壯，滿臉鬍鬚又短又亮。所有的人都沒有外套，上衣破爛，是貧窮、被輕視的族群。當旅者走近，有幾個人站起來，靠在牆上看著他。「一個陌生人。」旅者周圍的人竊竊低語。「他想看墳墓。」這些人把一張桌子移開，桌子底下真的有一塊墓碑。這是一塊簡單的石頭，低矮到可以藏身於桌子底下。墓碑上有一段字體非常小的墓誌銘，旅者必須跪下才讀得到。銘文寫著：「老司令於此長眠。他現在不能說出姓名的追隨者將他埋葬於此並安置墓石。有預言聲稱，若干年後司令將再崛起，並從這棟房子中帶領他的追隨者重新征服殖民地。要有信心地等待！」旅者讀完銘文站起來時，他看到周圍的人微笑著站在他身邊，好像他們和他一起讀了這段文字，並覺得墓碑上的銘文很可笑，要求旅者同意他們的意見似的。旅者裝作沒有察覺，分給他們幾個硬幣，等到桌子被移回墓碑上，才離開茶館，往港口走去。

士兵和死刑犯在茶館裡遇到拉住他們的熟人而停留，但是他們一定很快地就擺脫了他們，因為旅者還在通往船隻的長長階梯上行走時，他們已經在他後面追趕。他們也許想在這最後一刻強迫旅者帶他們走。當旅者在下面與船夫商議上船的事時，兩人疾速地跑下樓梯，無聲地，因為他們不敢放聲喊叫。當他們到達下面時，旅人已經上了船，船才剛剛離岸。他們還能夠跳上船的，但是旅者從地板上拾起一根沉重的、打了繩結的粗繩威脅他們，從而阻止了他們上船的意圖。

輯二

飢餓的藝術家

Ein Hungerkünstler

近幾十年來，人們對飢餓藝術家的興趣已大幅下降。以前他們以一己之力就能組織大規模的挨餓表演是值得的，但在今天簡直完全不可能。那時候可是另一個時代。當時整個城市都為飢餓藝術家而瘋狂，挨餓的日子每過一天，參與者就更增加。每個人每一天至少想要看到飢餓藝術家一次，後來開始有長期訂戶，他們在小鐵籠前一坐就好幾天。即使是夜間也可以進行觀賞，使用手電筒觀看的話，還能增強效果。天氣好的時候，籠子被帶到戶外，這種時候飢餓藝術家尤其是要展示給孩子們看。飢餓藝術家對於成人而言，樂趣在於他們多少參與了時尚潮流，相對於成人，孩子們卻對此驚嘆不已，他們嘴巴張得大大的，基於安全理由互相手牽著手，注視著飢餓藝術家，看他如何臉色蒼白地，身穿黑色衣服，肋骨突出，連扶手椅都不屑地坐在灑在裡面的稻草上，有時禮貌地點點頭，費力微笑著回答問題，或者將手臂伸出籠子，讓人感覺他的瘦削，然後又完全陷入沉思，對周遭人們漠不關心，甚至不關心對他來說如此重要的時鐘，籠子裡唯一的一件物品，整點時的鐘響，他也只是幾乎閉著眼睛地，眼神直視前方，偶爾從一

ArT
show

個極小的杯子裡啜點水，潤濕嘴唇。

除了來來去去的觀眾之外，還有公眾選出的警衛在場，奇怪的是被選出來的警衛通常是屠夫，他們的任務是三人一組，日夜監視飢餓藝術家，讓他無法以某種祕密的方式暗地吃東西。但監視只是例行公事，為的是安撫群眾，因為知道的人都很清楚，飢餓藝術家在表演飢餓的時間中，任何情況下，甚至被脅迫，就算東西只是一點點，都絕不會吃的，他的藝術尊嚴禁止他這麼做。當然，不是每個警衛都能理解藝術家的驕傲。有時候，有些夜班守衛守得很鬆懈，故意一起坐在遠處的角落埋頭玩牌，很清楚地露出網開一面的企圖，讓飢餓藝術家能夠吃一點東西，在他們看來，他一定會把帶進籠裡的小點心暗藏在某處。對飢餓藝術家而言，沒有什麼比這種警衛更煩人；他們讓他傷心，讓挨餓這件事變得更加困難；有時候他會克服虛弱感打起精神，在這些警衛看守的時間一直唱歌直到無法再唱，讓人知道，他們對他的懷疑是多麼不公平。但是這沒有太大的幫助，他們只是讚嘆他偷吃的技巧，居然唱著歌也能吃東西。緊緊靠著鐵欄坐著的警衛他更喜

2024 正

歡，他們對大廳夜間燈光昏暗不滿意，非得用經紀人提供給他們用的手電筒對著他照。刺眼的燈光他完全不覺得討厭，反正他完全無法入睡，但是打點小瞌睡倒是隨時可以，無論照明情況如何，任何時間，甚至在人滿為患、嘈雜不堪的大廳裡，他很樂意和這樣的警衛共度無眠的一夜。他願意和他們說笑，敘述他流浪的人生經歷，然後也傾聽他們的故事，這一切只為使他們保持清醒，讓他們知道他在籠子裡什麼吃的都沒有，沒有人能夠像他一樣忍受這種程度的飢餓。他最幸福的時刻是，當早晨來臨，因為警衛做守衛他的工作緣故，會有一頓非常豐盛的早餐被送進來，使疲累一夜的警衛有健康的胃口享用。甚至有些人想要在早餐供應上看到對警衛的不當影響，這就太誇張了，如果問他們是否願意來做不供早餐的夜間守衛工作，他們也會遲疑，雖然如此，他們仍然認為自己的懷疑是對的。

這當然是和飢餓狀態無法分離的懷疑態度。沒有人能夠在作為警衛時，不間斷地與飢餓藝術家一起度過所有這些白日和夜晚，沒有人能從自己的想法中得知，挨餓過程是否真的是持續不斷且沒有缺失的。這件事只有飢餓藝術家自己心知肚明，而他同時也是唯一一個完全被他的飢餓所滿足的觀看者。但是他又因為另外一個原因永遠無法滿足，也許他不是因為飢餓而削瘦到令有些觀眾感到遺憾，因不忍再看他而不得不離場，而是因為他對自己的不滿意而如此削瘦。只有他自己知道，即使被告知內情的人也無從得知，挨餓其實有多麼容易，挨餓是全世界最簡單的事。他也無意隱瞞這件事，只不過沒有人相信他，最好的情況是認為他謙虛，大多數人是認為他愛炫耀，甚至認為他是騙子，對騙子來說挨餓當然很容易，因為他們知道矇騙訣竅，而且還居然有臉承認挨餓是容易的。這些他都必須承受，經過這些年他也習慣了，但是在內心深處這種不滿足一直啃噬著他，他從未——這張獎狀必須頒給他——在一場飢餓展演之後，自願離開牢籠。經紀人規定，一場飢餓展演最多能展示四十天，再多他就不讓藝術家挨餓了。在世界性的大都會也一樣，當然這是有原因的。經驗證明，大約四十天的時間裡，透過逐漸增益的廣告，一個城市的興趣可以被煽動得越來越高昂，然後觀眾就不再增加了，可以想見人氣之後便大幅下降。這個想法在城市和鄉里之間當然是有差異的，只是一般都將四十天作為最長的時間這件事，奉為圭臬。於是在第四十天的這一天，被花朵包圍的牢籠被打開，興奮的觀眾擠滿露天劇場，軍樂隊演奏，兩個醫生進入牢籠給飢餓藝術家進行必要的檢查，透過麥克風廣播報導檢查結果，最後，兩位年輕小姐出場，她們很高興自己被選中，得以陪伴飢餓藝術家走出牢籠、步下幾級階梯，階梯下有一張小桌子，上頭備有精心挑選、適合病人食用的餐點已經在等著他。而在這個時刻，飢餓藝術家總是採取抗拒的態度。他雖然還是願意將瘦骨嶙峋的手臂放進向他俯身的女孩們所伸出的援手，但是站起來他並不願意。為什麼要在第四十天的這一天停止挨餓？他還可以再撐久一點、永無止境地繼續撐下去。為什麼要在他處於最佳的，啊，甚至還不到最佳的飢餓狀態時刻就中止？為什麼要剝奪他繼續挨餓，讓他不僅成為他可能已經是的、有史以來最偉大的飢餓藝術家，而且還超越自己到超乎想像的榮耀，因為他覺得自己挨餓的能力是無限的。為什麼這些聲稱對他感到驚嘆的人，對他這麼沒有耐心？如果他能忍受繼續挨餓，他們為什麼不能忍受他能夠繼續挨餓？同時他也覺得心煩，好好地坐在乾草堆上，卻得站起來，而且要站著好長一段時間，走去他光是想像就已經想吐的食物那邊，只是出於對女士們的禮貌，他努力壓抑著想嘔吐的感覺。他抬眼看著看似友善，實則殘忍的女士們的眼睛，搖了搖對他脆弱的脖子來說太重的頭。然後便會發生一直以來都會發生的事。經紀人走過來，他無聲地——音樂太吵他無法說話——在飢餓藝術家上方舉起雙臂，彷彿在邀請上天看一下祂自己在稻草上的作品，看一下這個令人憐惜的殉道者，飢餓藝術家確實是個殉道者，只是意義完全不同。他摟住飢餓藝術家的細腰，透過誇張的謹慎想讓人相信，他在處理的是一件多麼脆弱的東西，然後把他——移交時還特意偷偷搖動，讓飢餓藝術家的雙腿和上半身無法控制地前後擺晃——交給兩位臉色已經慘白的小姐。現在飢餓藝術家就任人擺布了，他垂在胸前的頭好像是向前滾了出來，卻無法解釋地停留在那裡。體內被掏空，雙腿在膝蓋處自我保護地、本能地併攏，但仍然撓抓著地面，彷彿這個地面不是真的，而腳正在尋找的那個地面才是真的。整個身體的重量——儘管是很輕的重量，都落在其中一位小姐身上，這

2024

位小姐氣喘吁吁地尋求幫助——她所想像的志願工作不是這樣的，她先是盡可能地伸長脖子，至少保護住她的臉才不會接觸到飢餓藝術家，但沒有成功，而且她比較幸運的那個同伴不但不幫忙，反而只滿足於顫抖著把只剩一把骨頭的飢餓藝術家的手抬起來，在哄堂的笑聲中哭了出來，不得不被一個早已在旁待命的僕人替換下來。然後在飢餓藝術家快要暈倒的時候，經紀人在歡快的話家常中餵給他一點食物，聊天的目的是轉移人們對飢餓藝術家狀態的注意力；然後經紀人敬酒致詞，據稱所致詞的話是飢餓藝術家在經理耳邊低聲說出，再由經理轉述。管弦樂團大張旗鼓演奏一番以強調這一切，觀眾散場，沒有人會對發生的這一切有所不滿，沒有人，只有飢餓藝術家，不滿的人永遠只有他。

他就這樣一邊演出一邊規律性地定期短暫休息過了很多年，表面上光鮮亮麗，受到世人尊敬，但是同時他大多處於一種陰鬱的情緒中，而且也沒有人知道要把這種情緒當一回事，他便愈來愈陰鬱。要用什麼安慰他呢？他還剩下什麼想望？如果剛好出現一個好心人，這個人為他感到難過，想跟他解釋他的悲傷也許來自飢餓感時，可能會發生的結果是，飢餓藝術家——尤其是在飢餓進行中的時候——會以爆發憤怒的方式回應，令所有人驚恐地開始搖晃柵欄，像困獸一般。但是應付這類情況，經紀人有一個喜歡使用的處罰手段。他在集聚的觀眾面前向飢餓藝術家道歉，他承認，只有飢餓引起的，並對於吃飽的人來說不容易理解的煩躁，才能讓飢餓藝術家的行為得到原諒；既然說了這個，當然飢餓藝術家的主張也必須一起解釋，即比起他現在已經挨的餓，他可以挨時間更長得多的餓；他讚美神聖的死亡，讚美善意，讚美一定也包含在飢餓藝術家的主張中偉大的自我否定；隨後馬上又透過展示在現場、同時出售的照片來反駁這個主張，因為照片中可以看到飢餓藝術家在飢餓的第四十天，躺在床上，幾乎要力盡而亡了。飢餓藝術家雖然對這些很熟悉，但這種對事實的扭曲，一次又一次讓他精疲力盡，對事實的歪曲實在是太過份。過早結束飢餓的結果是什麼，在這裡作為原因提出！與這種無知、與這個無知的世界對抗，是不可能的。經紀人在講話時總是誠心地在柵欄前熱切地聆聽，而照片一出現，他也是每次就離開柵欄，嘆息一聲倒回乾

草上，使被安撫的民眾可以再過來觀賞他。

當目睹這些場景的人過幾年後回想起來，經常感到不解。因為那些被提出的逆轉都發生了，而且幾乎是突然就發生了。也許這有更深層的原因，但對誰會重要到要去找這些原因呢？總之，有一天，被寵壞的飢餓藝術家發現自己被那些追求娛樂、更想湧去看其他展覽的人們離棄了。他的經紀人再次帶著他穿越半個歐洲，想知道是否在這裡或者那裡舊有的興趣仍然存在。一切都是徒勞的，彷彿透過祕密協議，各個地方都認為展示飢餓令人厭惡。當然羅馬不是一日造成的，我們現在在事情過後想到一些在他們的時代，當他們醉心於成功之時，沒有被足夠注意到、沒有被足夠壓制下來的先兆，但是現下要採取任何行動來挽救，已經太遲。雖然展演飢餓的時代會再度來臨是確定的，對活著的人而言，這卻不是安慰。飢餓藝術家現在該怎麼辦？受到萬眾歡呼的他，無法在小型市集的攤位上展示自己，若要開始從事其他行業，飢餓藝術家不僅年紀太大，尤其他還對挨餓特別偏執。於是，他離開了無以比擬的同志──他的經紀人──之後，很快地就被一家大型馬戲團聘用，為了保護自己不讓自己傷心，他甚至不去看合約條件。

一個擁有五花八門、不斷地相互平衡和互補的人、動物和裝置的大型馬戲團任何時候都可能用上任何人，甚至是飢餓藝術家，當然，在對方要求不高的條件下。除此之外，在這個特殊情況下，受僱的不僅是飢餓藝術家本身，還有他舊有的名聲，事實上，考慮到這種藝術不會隨著年齡的增長而減弱的特殊性，我們甚至不能說，一個不再處於技巧巔峰的過時藝術家只想躲進一個安靜的馬戲團職位裡。相反地，飢餓藝術家保證他絕對是可信賴的，他現在能夠挨餓的程度和以前一樣好。對，他甚至宣稱，如果讓他貫徹意志，而且沒有附加條件地許諾他就行。事實上，直到現在，世人才理所當然地感到驚訝，這當然是根據時代潮流的聲明，飢餓藝術家在熱切中很容易就忘記，這種說法只會讓專家浮現微笑。

基本上即使是飢餓藝術家也並沒有忽略真實情況，自然而然地接受他的籠子沒有作為主要展示放在展場中央，而是展場外面畜欄附近一個相當方便參觀的地方。在那裡，大型的、五顏六色的大字旗包圍著籠子，宣告在那裡面可以看到什麼。當觀眾在演出中場休息湧向畜欄參觀動物時，幾乎不可避免地會在經過飢餓藝術家時，停下腳步。人們也許會在他身邊待得更久一點，如果沒有那些在狹窄的走廊裡，因不明白這個停留是通往渴望已久的畜欄而往前推擠的人，讓更久一點的安靜觀察無法進行的話。作為飢餓藝術家人生目的的展覽，他當然希望展期趕快來到，但是上述情形也是為什麼飢餓藝術家在展覽之前仍感受到恐懼的原因。最初他幾乎等不及表演的休息時間；他狂喜地期待著蜂擁而至的人群，只是，直到他很快就體認到——再堅強、幾乎是明擺著的自我欺騙也抵抗不住這些經驗——大多數人的意圖，一而再地、無一例外地，只是畜欄的參觀者。而這個觀察還是從遠處看為好。因為當參觀者到達他這裡時，不斷又更新成不同的派別，喊叫和辱罵即刻圍繞著他；有些人——想要安靜地觀察他，不是因為理解，而是一時心血來潮和出於執拗；而另外一派的人首先只渴望圈養動物的畜欄。大隊人馬過去之後，來的是遲到或者和隊伍保持距離的人，這些人當然不再被阻礙，有興趣停留多久就可以停留多久，但是那些為了不錯過觀看動物的人，他們

2024正

幾乎不看旁邊，徑直向前跨著大步便走過去。再就是不常發生的好事，顧家的父親帶著孩子們來到這裡，手指著飢餓藝術家，詳細地解釋這裡在發生什麼事，敘述早年他經歷過的、和眼前這個完全無法比擬的偉大展示，然後孩子們，由於在學校和生活中對此的理解與所知，並不足以讓他們明白飢餓是什麼，但是在他們探尋眼光的光芒中，有一些什麼在洩露著新的、即將到來的、更和平的時代。也許飢餓藝術家有時還會對自己說，一切可能還是能夠好轉一些，就算他的所在地點離動物圈其實沒有那麼近。若靠得太近，會讓參觀者太容易選擇，更不用說動物圈的混濁臭氣、夜間動物的躁動不安、搬運餵食猛獸的生肉塊、餵食動物時動物的尖叫聲都會傷害他，也會持續不斷地讓他感到沮喪。但是向管理階層提出意見，他也不敢；畢竟他得要感謝動物為他帶來如此多的訪客，在這些訪客中，偶爾還是會有專程來看他的人；而且，誰知道他會被轉移到哪裡去，如果他提醒了管理人他的存在，而這同時也提醒了他們，他——嚴格說來——只是通往畜欄路上的一個障礙。

是的，這只是一個小障礙，而且是一個越來越小的障礙。人們漸漸習慣在現今這個時代，還想引起人們對飢餓藝術家的關注，認識其獨特性，愈加困難。而正是因為習慣了這個獨特性，他被打入冷宮。不論他再怎麼極盡一切地挨餓，他也在這麼做，但是再也沒有什麼能夠拯救他，參觀的人從他身邊只是走過。試試跟某人解釋挨餓的藝術吧！感覺不到的人，再如何解釋也徒然。漂亮的大字旗變得髒汙，字體也不再能辨認，終於被拆下來後，也沒有人記得拿新的來替換。寫著挨餓第幾天的小牌子最初每天小心翼翼地被更換，現在早已一直維持原數，因為最初幾週過後，即使是任務微小的工作人員也感到厭倦；就這樣，飢餓藝術家雖然如同早先他的夢想一般繼續地挨著餓，而他也毫不費力地達成了之前的預言，只是沒有人在數日子，即使飢餓藝術家自己也不知道，他所達成的究竟是多麼偉大，他的心愈來愈沉重。若是一度某個閒漢這時停下腳步，取笑這些標語，說他欺詐，那麼從這個意義上來說，這恐怕是最愚蠢的謊言，而且是由冷漠和天生的惡意虛構出來的，因為騙人的不是飢餓藝術家，他工作得認真誠實，而是世界騙走了他的工資。

如此情景又過了一些日子，終究也有到盡頭的時候。有一次，一名看守注意到這個籠子，他問僕役為什麼這個裡面有腐爛的乾草，看來還很好用的籠子被閒置在這裡。沒有人知道為什麼，直到某個人認出牌子上的說明字體，才想起飢餓藝術家的存在。他們拿棒子去攪動乾草，在裡面找到了飢餓藝術家。「你還在挨餓？」看守問他。「你到底什麼時候才要停止？」「請原諒我的一切。」飢餓藝術家低語道，只有將耳朵貼著籠子的看守明白他在說什麼。「當然，你放心。」看守說道，一邊將一隻手指放到額頭上，以向其他工作人員示意飢餓藝術家的狀況。「我們原諒你。」「我一直一直都很想獲得你們的讚賞。」飢餓藝術家說道。「我們很讚賞啊。」看守回答他。「可是你們根本不以為然。」飢餓藝術家說。「好吧，我們是不覺得讚賞。」看守說。「可是究竟為什麼我們不讚賞？」「因為我必須挨餓，除了挨餓我其他的都不會。」飢餓藝術家說。「是哦？誰想得到！」看守說，「為什麼你其他的都不會？」「因為我，」飢餓藝術家稍稍把頭抬高，嘟著好像準備接吻的嘴唇貼在看守的耳邊，免得看守聽漏地說：「因為我找不到我覺得美味的菜餚。如果我能找到我覺得好吃、美味的東西，我相信，我就不會這樣想引起轟動，而是像你和其他所有人一樣吃得飽飽的。」這是他最後的幾句話，但是在他已渙散的眼睛裡仍有堅定的、即使不再是驕傲的信念，他還要繼續挨餓下去。

「把這裡清理乾淨！」看守說，接著飢餓的藝術家便連同乾草一起被埋葬。現在籠子裡關進了一隻年輕的黑豹。看著這隻野獸長久以來一直在陰鬱枯燥的籠子裡翻騰，即使最遲鈍的人也會明顯感到療癒。黑豹什麼都不缺，牠喜歡吃的食物，看守想都不用想就送來。甚至是自由牠似乎也不想念，這具高貴、擁有一切必要且能撕碎物品而配備良好的身體，似乎隨身就攜帶著自由，在嘴裡的某處，自由似乎就在那裡。活著的喜悅帶著如此強烈的灼熱從牠的咽喉呼出，以致觀賞牠的人都難以承受。但他們還是克服了障礙，擠在籠子周圍，根本不想離開。

輯二

司爐

Der Heizer

卡爾・羅斯曼十六歲時，就被他可憐的父母親送到了美國，因為某個女僕勾引了他，為他生了個孩子。輪船上，他一直觀察著自由女神像，船速早已轉慢，駛入紐約港時，女神恍如置身陽光驟然變強的光束中，高高舉著劍的手臂彷彿才剛剛抬起，身旁流動著自由來去的空氣。

「這麼高！」他心想，一副不想離開的樣子，從他身旁經過的搬運工一批又一批，愈來愈多，不知不覺把他推擠到甲板護欄邊。

走來了一位年輕人，是他在航程中認識的，擦身而過時對他說，「咦，怎麼還不想下船啊？」「要啊，正準備要走了。」卡爾對那人笑著說，由於年輕力壯，他意氣風發地把旅行箱扛在肩上。可是當他看著那人輕輕甩著手杖，正和其他人走遠時，才驚覺自己把雨傘忘在船艙下層了，卡爾趕緊叫住那人，請他基於情面幫忙照看一下旅行箱，那人似乎不樂意。卡爾瞄了一眼四周方位，看清楚回頭的路線後，便匆匆去找傘。到了下層船艙，他發現可大幅縮短路程的捷徑入口被封住了，這還是頭一次遇到，應該是整船旅客都得下船的關係，他只好穿過數

2024 正

不清的小隔間，跨過一個接一個的窄梯，經過彎來拐去的過道，直到走進某個空蕩蕩的艙房，裡頭只擺著一張孤單的書桌時，他才確定自己迷路了，其實他原本想走的路線只走過一兩次，而且還是跟著一大群人走的。此時他茫然四顧，不見半個人影，只聽到頭頂有上千雙人類的腳在摩擦甲板，愈來愈吵，還聽到稍遠處蒸汽機輪收工熄火的最後一聲氣鳴，像是嘆了一口氣。他隨處亂走，偶然遇到某個小艙門，他想都沒想就敲起門來。

「門沒鎖啊！」裡頭有人喊著。卡爾真是鬆了一口氣，打開了門。一個身形高大的男子看都不看卡爾一眼，便問：「幹嘛敲門敲得像瘋子？」從天井灑下的日光，經過層層船艙過濾，到這裡只剩薄弱的光，照進這卑微的小艙室。艙室內有一張床、一個櫃子、一張扶手椅和一個男子，彼此緊鄰而立，像是被塞在倉庫裡。「我迷路了。」卡爾說，「航程中，我根本沒注意到這艘船大到這麼可怕。」「沒錯，這一點您倒是說對了。」男子說，帶著某種與有榮焉的語氣，說話的同時並沒停下手上的事，雙手不斷按壓小箱子的鎖頭，好能聽到鎖釦迸出聲

響。「您就進來啊，」那人繼續說，「不要站在外面啊！」「會不會打擾您？」卡爾問。「呵，您能怎麼打擾我！」「您是德國人？」卡爾這麼問是試著讓自己安心，因為初到美國的人遇險之類的，這種事他可是聽聞了不少，尤其從荷蘭來的風險最高。「是啊，我是啊。」那人說，卡爾仍遲疑不決。男子突兀地抓住門把，順勢把卡爾拉進門，立即關上。「有人從走廊往裡面看我，簡直就是折磨。」男子說，繼續按壓箱子鎖頭的工作，「管他是誰經過，都要往裡面瞄一眼，真是夠了。」「可是整條走道都沒人啊？」卡爾站著說，身體侷促地擠壓床柱，「是啊，那是現在沒人。」「我講的不就是現在！」卡爾心想，「跟這個人聊天還真難。」「你可以躺到床上去，空間比較大。」那人說。卡爾戰戰兢兢地爬到床上，同時笑出聲來，笑自己起初試著跳上床卻沒成功。但他才剛躺到床上就叫出聲：「天哪，我的旅行箱，我都忘了！」「旅行箱在哪？」「在甲板上，有個認識的人幫我看管，咦，他是該怎麼稱呼的？」他從暗袋裡找出一張名片，外套內襯裡的暗袋是母親為他這次旅程所縫的，「法蘭茲，法蘭茲・奶油樹」

「那箱子很重要？」「當然啦！」「那幹嘛託給一個記不住名字的人？」「我把傘忘在船艙下層了，不得不跑回來拿，又不想拖著旅行箱，沒想到還是迷路了。」「您一個人旅行嗎？沒同伴？」「是啊，一個人。」「搞不好我可以指望這男人，」卡爾念頭一閃，「當下我還找得到更好的朋友嗎？」「現在您連箱子都弄丟了，雨傘就更不用提了。」那人坐進扶手椅，看來卡爾的事已經有點引起他的興致。「我相信箱子應該還沒弄丟。」「信心為好運之母！」那男人說，使勁在色深濃密的短髮裡搔癢，「船換了港口就換了風俗。在漢堡，您的奶油樹先生或許會看緊您的旅行箱，在這裡呢，搞不好人和箱子都不見了蹤影。」「那我得趕緊上去看一看。」卡爾說著便環顧四周，看能從哪裡出去。「您就別走了。」那人說，順手抵住他的胸部，硬是把他推回床上。「怎麼了嗎？」卡爾生氣地問。「因為毫無意義啊。」那人說，「我等一下也要走，到時我們一起走。要嘛旅行箱已經被偷，那就沒救了。要嘛就是那個人還守著旅行箱，那他就是個阿呆，就會繼續看守旅行箱。再不然呢，他是個老實人，把旅行箱留在原地，等整艘船的人都走光了，那就更好找啦，連雨傘也一併找得到。」「您很熟這艘船？」卡爾不放心地問，找到東西的最佳方法就是等船空了，這想法有說服力，但似乎還暗藏什麼蹊蹺。「我可是船上的司爐耶！」那人說。「您是司爐！」卡爾喜出望外，叫出聲來，用手肘撐起側躺的身體，就近端詳。「我和斯洛伐克人睡的那間艙房，裝了個小窗口，可以直接看到機房。」「沒錯，我就在那裡做工。」司爐說。「我對技術一直很有興趣，」卡爾腦筋也不轉一下地就說，「要不是非得來這麼一趟美國，我將來會當個工程師。」「為什麼非來不可？」「呵，別提了！」卡爾說，手一揮，就揮走了整件事的來龍去脈，並對司爐微笑，像是請求他原諒自己的無可奉告。「事出必有因。」司爐說，這句話讓人難以知道，他是要卡爾說出原因還是回絕。「我應該也可以當個司爐吧。」卡爾說，「我父母現在都不管我要做什麼了。」「我這個工作會有職缺。」司爐說，把手插進褲袋，雙腿往床上一伸，表示對此說法十分篤定。他那雙腿裹在類似皮革起皺的鐵灰色長褲裡。卡爾只能再往牆邊靠。「您要離開這艘船？」「正確，而且今天就走。」「怎麼了？這工作不合意嗎？」「這是情勢所逼，不是合意或不合意來決定的。不過呢，您倒是說對了，這工作也不合我意啦。看來您大概沒認真考慮當司爐，這樣反而最容易當上司爐。我還是要勸您別當了。如果您原本想在歐洲進大學，在這裡為何不行？來美國念大學比歐洲好太多了，好到沒得比。」「有可能吧，」卡爾說，「可是我沒什麼錢念大學。我在報章上讀過，有個人白天在商家工作，晚上上學，一直念到了博士，我記得他後來還當了市長。那需要很大的毅力，是吧？我恐怕沒這能耐。再說，我也不是什麼成績優秀的學生，讓我失學一點都不難。這邊的學校搞不好更嚴格吧，我幾乎不懂英文，而且最重要的是，我覺得這裡的人對外來者反感。」「連您也體會到了？那好，我遇對人了，您看，我們明明是在德國的輪船上，屬於漢堡—美洲公司，怎麼船上不全是德國人？還有那個名叫舒巴爾的羅馬尼亞人，為什麼是他當輪機長？真是不敢相信。這個混蛋在德國輪船上欺壓我們德國人，您不要認為——」他一口氣上不來，抖動著手，「我是為抱怨而抱怨。我知道您沒有影響力，又是窮小子。但這實在是太過分了。」他猛力用拳頭敲桌子，敲了好幾下，每敲一次就盯著自己的拳頭。「我可是在很多船上服務過，」他一連串說出二十艘船名，宛如說的只是一個詞，卡爾聽得錯亂，「而且我表現優異，受人肯定，我被視為是一個和船長對盤的工人。我甚至還在同一條貿易帆船上當過好幾年的水手哩。」他起身，像是站在人生制高點，「在這個像個紙箱的輪船裡，一切井井有條，做事不用傷腦筋，我卻成了廢人，總是礙到舒巴爾，那人是個懶鬼，被趕走是我活該，有工資可領是因為別人施恩。您能懂嗎？我不懂。」「您不可以讓事情再這樣下去，」卡爾激動地說，幾乎沒感到自己是身在搖晃不定的輪船上，是身在大陸塊的陌生海岸，他窩在司爐的床上，竟感覺像是回到家。「您去見過船長了？試著向他爭取權益了嗎？」「呵，走吧，您還是走吧！我不要您待在這裡了，我說話您都沒在聽，還想給我建議。我能怎麼去找船長！」他困頓地又坐了下來，臉埋進雙手裡。

「我沒辦法給他更好的建議。」卡爾心中自言自語，覺得自己在這裡給建議，也會被認為是餿主意，還不如去拿回旅行箱比較實在。父親要把旅行箱永久地交給他時，曾打趣問：「這箱子能跟著你多久呢？」而現在，搞不好那只昂貴的旅行箱真的不見了。唯一聊以安慰的是，對他現在的狀況，父親無從得知，即使去查詢也一樣，輪船公司頂多只能說乘客連同行李已經抵達紐約。可惜的是箱裡的東西幾乎都沒法派上用場，例如他早想換一件襯衫了，沒料到想要節省卻用錯了地方，眼前正是他另一個生涯的新開始，本該一身整潔清爽地登場，卻只能穿著髒兮兮的襯衫。要不是這樣，旅行箱丟了也沒那麼嚴重，箱裡那一套襯衫和西裝是應急的，臨行前最後關頭，媽媽還必須縫縫補補，他身上穿的這一套其實比箱裡的還好。他此刻想起媽媽還把一條維洛納的義式香腸塞進旅行箱，份量超大包，他卻只吃了一點點，因為行船過程中，他實在沒什麼胃口，統艙分派來的湯就夠他吃飽了。此時此刻他但願手中有那條香腸可以奉送給司爐，因為像司爐這樣的人，只需略施小惠，給個小禮，便能夠輕易贏得人心。這是他從父親那裡學來的，父親會把雪茄分送給生意往來的小職員們，藉此博得人情。卡爾此刻還能送出的東西就是錢了，但暫時別動這筆錢吧，以免萬一旅行箱真的不見了，還可應急。他的思緒又回到旅行箱，這時的他完全想不通怎麼會把箱子搞丟，明明整個航程小心翼翼地守著箱子，還付出幾乎夜夜未眠的代價，最後竟會讓人輕輕鬆鬆地拿走。他回想過去五個夜晚，那個睡在他左邊的小斯洛伐克人，和他隔兩個睡鋪，老是盯著他的旅行箱，令他起了疑心，懷疑小斯洛伐克人會用那根白天把玩、練習的長手杖，趁晚上伺機而動，終於等卡爾打起瞌睡時，便把旅行箱往自己那邊拉。白天時的小斯洛伐克人看來挺天真無邪的，可是天還沒全黑，便不時從臥鋪坐起來，憂傷地望著卡爾的旅行箱。這一切卡爾都看得清清楚楚，因為總是有些移民者不顧船上禁止點燭火的規定，燃亮起小燭光，這裡一點那裡一點，他們不放心地試著解讀艱澀難懂的移民代辦書。燭光較近時，卡爾可以稍稍小睡，燭光較遠或漆黑時，他便一直睜著眼睛，就這樣把他搞得精疲力竭，那樣的辛苦守夜，看來八成全都白費了。這位奶油樹先生，管他在哪裡，最好別讓他再遇到。

持續的沉寂到了此時，被短促的拍擊聲打破，遠處傳來像是孩童的腳步聲逐步靠近，愈近愈響，原來是一隊伍的男子安然前進的踏步。走道狹窄，他們理所當然地排成一列前進。傳來鏗鏗鏘鏘的聲響，像是武器碰撞。離他們不遠的卡爾，原本平躺在床上，正要擺脫旅行箱和對斯洛伐克人的煩惱、好好睡一覺時，突然嚇醒，他推推司爐，這才引起他注意到隊伍前端似乎已經到了門口。「那是輪船上的樂團，」司爐說，「他們在上面演奏完畢，現在要去收拾行李。大家都收工了，我們可以走了。來吧！」他抓起卡爾的手，臨走前還從床上牆面摘下裱框的聖母像，塞進胸前口袋，然後提起皮箱，拉著卡爾匆匆離開艙室。

「我現在就去辦公室，去向那些先生們聲明意見。乘客都走光了，不用顧慮什麼了。」這種話司爐說了好幾次，反來覆去，大同小異，途中還往旁邊踹了一腳，要去踢一隻正往洞口穿行的老鼠，卻把老鼠提早送進洞裡。這男人的動作實在遲緩，因為腿太長也就變得笨重。

他們穿過廚房邊間，幾個女孩正在大木桶前洗碗，身上穿著故意潑了髒水的圍裙。司爐把其中一個名叫琳娜的女孩叫過來，摟住她的腰，拉著她走，「發工資了，要跟我去嗎？」「我幹嘛這麼麻煩，你把錢拿過來給我不是更好！」她回答，從他的臂彎裡鑽出來，高聲地說：「你是從哪裡撿到這個漂亮的小弟弟啊？」也不等回應就跑開了。女孩們全都中斷工作，笑了起來。

他們繼續前進，來到一扇門前。門上裝飾了山牆，由鍍金的少女柱撐著。輪船有這種裝潢，看來還真是富麗堂皇。正如卡爾注意到的，他從沒來過這一區，可能是航程中只保留給頭等艙和二等艙乘客的關係，現在船上要大掃除，所以拉開了分區門。他們也確實遇見幾個扛著掃除用具的男人，向司爐打招呼。這一區的富麗和忙碌令卡爾吃驚，這不是待在統艙的他能有機會稍有見識的。整條走道還牽了電線管，而且有個小鬧鈴響個不停。

司爐恭恭敬敬敲門，裡頭傳來「請進」時，他擺了擺手勢，意思是要卡爾儘管進門，別怕。卡爾進去了，卻站在門邊不動。他望見房裡的三面窗之外是起伏的海浪，他滿心歡喜地凝視浪起浪落，內心隨之悸動，彷彿過去五天他沒見到那

2024 西

些看不完的海景似的。航道上的大船游弋往來，在重心允許範圍內，任由捲浪衝擊。如果稍稍瞇起眼睛，大船看起來像是太肥重而蹣跚搖晃的模樣。桅桿掛著狹長的旗幟，航行時雖然緊緊繫住，仍是亂抖亂動地。禮砲響起了，或許是來自不遠處經過的軍艦，艦上因反光而閃閃發亮的砲管，宛如身在被呵護的搖籃，航行時，由安穩平順卻非一直保持水平不動的海浪所推搖。只有在遠處才觀察得到小船和快艇，至少從門這邊望去是如此，小船成群地在大船之間的空隙裡穿梭，而矗立在這一切景象後方的便是紐約了，紐約以摩天大樓成百成千的窗戶盯著卡爾看。是的，身在這艙房，就知道到了哪裡。

有張圓桌圍坐了三位男士，一位是高級船員，身穿藍色船員制服，另外兩位是港務局官員，身穿黑色美國制服。桌上高高堆起各式文件，高級船員先以鋼筆批閱，再交給其他兩位，他們一下細讀，一下摘錄，一下把文件放入公事包，其中牙齒老是輕微作響的那位，負責口述審閱，由他的同事記錄。

窗前書桌旁坐著的男士，背對著門，個子較小，正忙著翻閱大開本帳冊，這些帳冊在書架上排成一列，書架厚實，高度與他齊頭。他身旁有個開啟的錢箱，一眼看去，裡頭應該是空的。

第二扇窗前沒人，最適合觀景。第三扇窗旁站了兩位男士，正低聲說話。其中一位倚著窗，也是身穿船員制服，撥弄著佩劍的劍柄。而與他對話的那位男士，面向窗戶，胸前一排動章釦因動作而時隱時現。他穿的是便服，手執細竹杖，而竹杖因他雙手插腰而翹起，看來也像佩劍。

卡爾沒時間全場細看，因為很快就有個侍從來到他們面前，輕聲問司爐到底想做什麼，同時露出他不該來這裡的眼神。司爐也輕聲回答：他有話要對出納主任說。侍從手一揮，表示連他都會拒絕這個要求，但還是踮著腳尖，避開圓桌，繞了個大半圈，朝那位翻閱帳冊的男士走去。那位男士聽了侍從的傳話後，臉上的表情人人可見——目瞪口呆，最後轉身面朝有話要對他說的司爐，向他甩甩手，鄭重拒絕，而且為了保險起見，還對侍從揮手示意，要他請司爐離開。侍從回到司爐面前，語調像是託付重任，說：「您現在就滾出這裡！」

聽到這樣的回覆，司爐垂眼看著卡爾，似乎把卡爾當成他的心，正無聲地訴苦。卡爾也不多想，立刻邁步橫穿室內，甚至一度輕微擦撞高級船員的座椅。侍從傾身張臂，跟在後面跑，如同追捕一隻害蟲，不過，先跑到出納主任桌前的是卡爾，他緊抓書桌，免得被要抓他的侍從拖走。

想當然啦，全場頓時生氣勃勃。桌前的高級船員猛然起身，港務局官員則謹慎地靜觀其變，窗邊的兩位男士彼此移步靠攏，所有人都露出關注此事的表情，侍從因此認為不該再插手了，於是退到一旁。門邊的司爐緊張地等待求助時機的到來。終於，出納主任轉起了他的扶手椅，大弧度地向左轉。

卡爾毫不顧慮外人會看到他外套裡的暗袋，直接從裡頭抽出護照，然後攤開，放在桌上，藉此取代自我介紹。出納主任大概認為護照非關重要，用兩根手指就把護照彈到一邊了。卡爾像是圓滿完成一道程序似的，滿意地把護照插回暗袋。「請容我表達個人意見，」他開始發言，「我認為司爐先生受到不公平的對待。有個叫舒巴爾的打壓他。他在很多船上服務過，還能一一說出船名，他工作

2024

勤奮，表現優良，大家都對他十分滿意，但他在這艘船上卻得不到肯定，實在令人費解。拿商業帆船舉例好了，相較之下，這裡的勤務並不那麼繁重，他卻不能有所發揮，獲得升遷，沒有得到理當應得的對待，受阻的原因必然只有一個，那就是惡意欺壓。對於此事，我僅僅概略發言，接下來由其本人提出確切的申訴。」雖然卡爾是對著出納主任說話，因為他才是應該伸張正義的人，但也由於大家都在聽卡爾說話，因此他想藉由這番話向在場其他男士求助，他們之中總會有一位正義之士吧！卡爾並且靈機一動地，沒說出其實認識司爐不久。還有，要不是卡爾從所站的位置，讓他第一次看到那位手持細竹杖的男士紅通通的臉，因此亂了思緒，否則他可以說得更好。

「他說的句句屬實。」還沒有人問話，尤其看都沒看司爐一眼，司爐就開口說話，幸好掛配勳章的男士決定聽取司爐的說詞，否則這麼操之過急原本會釀成大錯，這時卡爾才頓時明白，原來這位配戴勳章的男士即是船長。船長順勢伸出手，高聲對司爐說：「您過來！」聲音堅實有力，簡直可以用榔頭去敲。此時此刻，司爐的舉動將導正一切，其事件也將得以伸張正義，卡爾對此毫不懷疑。

司爐很慶幸有此良機，可以展示自己是個跑遍了世界好幾圈的人，他不疾不徐地從小皮箱裡抽出捆成一束的行船證明文件和一本記事簿，完全略過出納主任，直接走向船長，把證明文件攤在窗台上。出納主任別無他法，只好自己走過去，開始解釋：「這個人是大名鼎鼎的麻煩鬼，他待在會計處的時間比機房還久，把安安份份的舒巴爾搞得沮喪無助。」他轉身面對司爐，「您聽好，您這樣糾纏鬧場，簡直鬧過頭了。多少次人家把您從發薪室趕走，因為您老是毫無例外地提出不合理的要求，被趕走也是正當。多少次您從發薪室跑到會計總處，讓人好言相勸地說，舒巴爾是您的直屬主管，身為下屬的您，理當順從他的安排。您居然趁船長在這裡的時候，恬不知恥地跑來騷擾他，還帶了個小男生當發言人，教他說出空洞不實的指控，尤其這小男生還是我第一次在這船上見到呢。」

卡爾硬是按捺下來，沒衝向前。在場的船長倒是已經說話了，「這一次我們就聽聽這個人的說詞吧，反正我也覺得近來這個舒巴爾變得有點自作主張。但是別把我說的，視為是您的有利證詞。」最後一句是對司爐說的，船長當然不能這麼快就替他說話，不過，一切按部就班，沒走偏。司爐開始說明，而且立刻就能自制地為舒巴爾加上「先生」的頭銜。這令卡爾多麼開心啊，他站在出納主任冷落的書桌旁，樂得一再按壓信秤。舒巴爾先生不公平。舒巴爾先生偏袒外國人。舒巴爾先生把司爐趕出機房，讓他去掃廁所，那根本不干司爐的事。一度還質疑舒巴爾先生的能力，說他其實不像表面看來那樣能幹。話說到此，卡爾竭盡所能地注視船長，目光坦然，像個同輩一般，藉此減低或避免這種沒頭沒腦的表達方式影響了船長，而對司爐反感。司爐話雖多，卻說不出個具體事證，可是船長依然直視前方，眼神堅定，看來這次是要把司爐的話聽到底了，其他男士則不然，個個失去了耐性。不久，司爐的說話聲在這空間裡不再有主導力，實在令人憂心。先是那位身穿便服的男士，百無聊賴地在拼花地板上用竹杖輕輕打拍子。其他幾位男士左顧右盼，港務局官員顯然趕時間，再度抓起文件開始翻閱，雖然有點心不在焉。高級船員往身後的桌子又靠近了些，而出納主任自以為贏了這一局，帶著諷刺意味地長嘆一口氣。唯一不受這荒腔走板場面影響的是侍從，對這個置身諸位大佬之下的可憐人，似乎有些部分的遭遇是令他感同身受的，他一本正經地對卡爾點了點頭，好像有話要說。

這段時間內的窗景，依舊進行著海港的日常，窗景出現一艘圓桶堆疊如山的平底貨船，那些圓桶必定是奇妙地堆疊起來才沒滾散。平底貨船經過窗前時，室內轉為幽暗，近乎全黑。一艘小型機動船在某男子雙手抖動得像抽搐的掌舵下，直線向前，呼嘯而過，要是卡爾這時有空，必定會看得更仔細。載浮載沉的海面上，偶爾兀自浮出詭異的漂流物，隨即又在人們驚訝的注視中沉沒。遠洋輪船的接駁船由水手賣力划槳前進，船上載滿乘客，各自安坐在座位上靜候，像是等著任人擺布，雖然不時有人忍不住轉頭回望變化萬千的場景。這是一場不會結束的活動，由起起伏伏、永不止息的自然元素挹注動能，傳向無能為力的人類以及人類的作為。

眼前的一切都講究緊湊、明確、具體，但司爐在做什麼！他自顧自說得汗流

2024

浹背，雙手發抖得早就連窗台上的文件都抓不住了，腦裡對舒巴爾的怨詞從各方湧現，他自認每一條都足以把舒巴爾整個人送進墳墓，可是他口中對船長所指出的事證，只不過是可悲的胡言亂語，全都糊成一團。手執竹杖的男士早已對著天花板悄悄吹口哨。港務局官員也已把軍官拉到桌旁，露出一副不會再讓他走掉的表情。看得出來，出納主任還沒出手干預，是由於船長的鎮靜而按捺下來。至於立正站好的侍從，則是分分秒秒都在等船長一聲令下，對司爐採取行動。

卡爾不能再袖手旁觀了。他慢慢走向那群人，愈走思緒愈快，想著如何能對此事巧妙地力挽狂瀾。事不宜遲的時候到了，只需再晚一點點，他們兩個就會被踢飛出辦公室。船長是在做好人，卡爾看得出來，似乎有什麼特別原因，讓他表現出自己是一位公正長官的模樣。但他畢竟不是會讓人耍得團團轉的東西——如此對待他的正是司爐，即使是出於內心難平的憤恨。

於是卡爾對司爐說：「您必須說得簡單一點，清楚一點，像您那樣描述，是在為難船長先生，讓他無法評斷。他認得每個機工、跑腿的名字，或者，甚至是教名嗎？您只說出個名字，他馬上能知道指的是誰嗎？整理一下您的控訴，先說重要的，其餘的晚點再說，許多話說不定到後來根本都不用說。您之前對我所敘述的，倒是清清楚楚的啊。」如果在美國都能偷行李了，那麼偶爾說說謊也是可行的，卡爾藉故這麼想。

這番話會有所助益吧！難不成已經太遲了？聽到熟悉的說話聲，司爐立刻中斷控訴，眼眶卻盈滿淚水，那是尊嚴受辱、往事煎熬的眼淚，當下迫切地矇上了雙眼，使他再也無法好好看清楚卡爾。他能怎麼——在此時不再開口說話的人面前，卡爾從他的沉默中理解到，他還能怎麼即時改變說話方式呢，該說的似乎都說了，卻絲毫未能引起認同，另一方面卻又像是什麼都還沒說，然而再說下去，現場男士們沒人可以忍受，更不會再聽下去。就在這個時機點，唯一的支持者卻走過來，為他好好上了一課，這一課教他明白的反而是完了，什麼都完了。

「我怎麼不早點過來，而是在那邊看窗景呢！」卡爾自語。他在司爐面前垂眼低頭，雙手往長褲側縫線一拍，表示什麼希望都沒了。

這手勢卻讓司爐誤會了，以為卡爾在打暗語指責他，於是好意地想解釋，卻錦上添花地和卡爾爭執起來。此時，圓桌旁有要事待辦的幾位男士，被這於事無補的吵吵鬧鬧所干擾，早已面有怒色。出納主任逐漸為船長表現出的耐性感到費解，巴不得馬上暴怒出來。一旁待命的侍從，猛盯著司爐。而船長，竟是眼神和善，稍有動靜便把目光投向手持竹杖的先生，而後者已經不把司爐的事放在心上，甚至面露嫌惡，早就拿出小記事簿，心思顯然被其他的事占據，眼睛游移地一下盯著本子，一下看著卡爾。

「知道啦，我知道啦，」卡爾說，對司爐報以善意的微笑，儘管整個爭執過程必須辛苦抵擋衝著他來的長篇大論。「對對對，你說得對，我絕對沒有懷疑的意思。」他害怕地想要捉住對方揮舞的手，以免被打到，若能推到角落對他耳語幾句安撫的話，不讓人聽見，那就更好了。但司爐像個脫韁野馬。此時，卡爾靈光乍現，冒出自我安慰的想法，在絕望的助力下，狗急跳牆的司爐說不定能夠搞定現場其他七位紳士。可是，書桌上的中控板立著許多顆通電按鈕，一看便知，只需伸手一按，整條船的人就會與他們為敵，聚滿走道，群起抗暴。

就在這時，帶著竹杖的那位一臉不在乎的先生走向卡爾，問：「怎麼稱呼您呢？」音量不大，卻能凌駕司爐的聲音。同一時間響起敲門聲，簡直像是門外有人一等這位先生開口就敲門。侍從望向船長，船長點了個頭。侍從走去開門。門外站著一個男子，穿著帝國軍服式的老舊外套，中等身材，外表看來實在不適合機房的工作。若不是卡爾看過大家——連船長也免不了——都流露出滿意的眼神，也會從司爐驚嚇的反應看出來，此人原來就是——舒巴爾。司爐弓緊臂膀，握緊拳頭，此時此刻對他來說，似乎握拳才是當務之急，足以犧牲生命也在所不惜。他渾身力道都凝聚到了拳頭，包括能支撐他站起來的力氣。

同時同地的那位敵人，身穿節慶服，清爽自在，腋下夾著帳簿，裡頭大概有司爐的工資明細和工作證明單，他毫不怯場地環顧四周，大大方方地直視每個人的眼睛，確認眾人的情緒。經過司爐的一番折騰之後，那七個人也成了舒巴爾的盟友，即使船長之前對他略有微詞或者可能是故作微詞，此時看來，對舒巴爾是

沒什麼要指責的了。處置像司爐這一類的人，再嚴厲也不為過，若真要指出舒巴爾疏失之處，那就是沒能及時攔住囂張的司爐，讓他今天膽敢出現在船長面前，大放厥詞。

事已至此，或許還有餘地設想一下，司爐和舒巴爾的對質，在這些男士面前，其效應並不下於法院或調委會的聽審，即使舒巴爾善於演戲，也絕對無法演到底，只需稍有閃失，露出破綻，便足以讓這些男士們識破，而這正是卡爾要做的。從另一層面來看，花在這裡的時間並非白費，因為卡爾已經順便瞭解在場每一位男士的觀察力、弱點和脾氣。只是，司爐要站得住腳啊！但他看來沒有戰鬥力了。要是有人把舒巴爾拖到他面前，他會用拳頭把對方可惡的頭殼敲開，而要他走幾步路到舒巴爾那邊去，他是沒那個力氣了。舒巴爾最後必定會出現，這麼容易預見的事怎麼卡爾沒料到？即使他自己不主動過來，也會被船長叫來。他和司爐在過來的路上，怎麼沒好好商量對策、擬定戰鬥計畫？而是如同已發生的事實，他們見了一扇門就毫無準備地走進來了，真該死。目前最重要的是，司爐是否還能開口說話，如同交叉詰問時回答是或不是？但這得等情況夠好才會出現這種詰問。司爐站著，雙腿岔開，膝蓋微曲，稍稍抬起下巴，用張開的嘴巴把空氣送進送出，彷彿體內沒了會做這些事的肺。

反觀卡爾，渾身是勁，腦袋清醒，在自己的家鄉或許也沒這麼帶勁過。他真希望父母親能看到他正在異國、在大人物面前做好事，為好人據理力爭，縱然尚未獲勝，但已充分準備好做最後一擊。如果父母親在場旁聽的話，會對他改觀嗎？會誇獎他嗎？會看到他孝順的雙眼嗎？就看那麼一眼，一眼就好。此刻想著這些茫然無解的問題，時機實在不對。

「我來到這，因為我認為司爐指控我有些事並沒有秉公處理。廚房有位女孩看見他往這裡來，告訴了我。船長先生，以及現場各位紳士們，辯駁指控該有的文件都準備好了，就在我手中，而聚集走道上的人，都是沒有成見、沒被影響的目睹證人，必要時可以聽取他們的說詞。」舒巴爾如此發言，清清楚楚，這才是人講的話。眾人聽後的表情變化，看來像是久久以來第一次能再聽到人類的聲音，當然也就不會留意到這番漂亮的發言是有漏洞的。為什麼他一開始想到辯證的用詞是「秉公處理」？難道他認為這是應當指控之處，而不是國籍偏見？廚房的女孩看到司爐往辦公室走去，舒巴爾立刻就心裡有數？他的認知被磨練得這麼敏銳，難道不是因為自認有錯？而且能那麼快就帶證人過來，還說他們沒有成見、沒被影響？這是騙術，這是詐欺。在場男士們不但包庇，甚至視為正當行為，給予肯定？從廚房女孩通報到舒巴爾出現在這裡，這麼長的時間他到底在拖什麼？用意無非是要司爐把長官們搞累，累到逐漸失去明辨是非的判斷力，舒巴爾最怕的不正是明辨是非？他不是已經在門外站了很久，等到某位男士提出非關緊要的問題時，認為司爐沒戲唱了，所以就敲門了嗎？

整件事被舒巴爾的唱作俱佳給弄得一清二楚了，可是面對這幾位先生，必須換個方式指出要點，點醒他們。所以囉，卡爾，快！快把握最後時機，趁證人出場、淹沒一切之前。

就在這時，船長卻對舒巴爾做了個就此打住的手勢，事情暫緩，於是舒巴爾退到一旁，侍從隨即湊過去，兩人交頭接耳，側眼望向司爐和卡爾，並少不了做出自信滿滿的手勢。舒巴爾看來是正在排練接下來的偉大發言。

全場靜默，船長發言：「雅各先生，剛才您不是有事想問這位年輕人嗎？」這話是對手持竹杖的那位先生說的。

「這倒是，」竹杖先生說，並微微欠身，感謝船長的周到用心。接著再一次問卡爾：「怎麼稱呼您啊？」

要事為重，卡爾認為，得馬上回應這突如其來、窮追不捨的提問才能顧全大局，只好免了之前拿出護照作為自我介紹的習慣，只簡短回答：「卡爾・羅斯曼。」「不會吧！」別人口中的這位雅各先生，先是往後退了幾步，簡直不敢相信地笑了起來。船長、出納主任、海軍軍官，連侍從也都對卡爾的名字露出驚訝的表情，而且驚訝得過了頭。唯獨港務局官員和舒巴爾無動於衷。

「不會吧！」雅各先生又說了一次，腳步有些僵硬地走向卡爾，「那麼我就是你的舅舅囉，你就是我親愛的外甥啦。」在擁抱卡爾、親吻卡爾之前，他朝船長的方向說：「我一直都有這個預感。」卡爾無話可說，只能順勢而為。

等到卡爾感覺到對方鬆手了，才彬彬有禮卻不為所動地問：「您怎麼稱呼呢？」然後努力看出這個新事件會為司爐帶來什麼後果。暫時還看不出舒巴爾能怎麼利用此事，從中獲益。

「年輕人啊，要知道好運到了。」船長這麼說，是因為覺得卡爾那麼問會傷了雅各先生的尊嚴。退到窗邊的雅各先生，顯然為了不讓人看到自己的表情，以手帕輕輕擦臉。「這位是參議員愛德華．雅各先生，也就是剛才與你相認的舅舅。現在起，等著你的是超出你所能期待的錦繡前程。請試著在第一時間瞭解這一點，鎮定下來。」

「我的確有一位雅各舅舅在美國，」卡爾對船長說，「如果我沒聽錯的話，雅各是這位參議員先生的姓氏。」

「確實如此，」船長滿心期待地說。

「喔，我的雅各舅舅，也就是我母親的兄弟，雅各是教名，姓氏當然應該和我母親的本姓相同，也就是本德邁爾。」

「諸位先生啊！」參議員針對卡爾的解釋喊道，並從窗旁休息區走回來，心情愉快。除了港務局官員，大家都笑出聲來，有的笑是出於感動，有的笑則高深莫測。

「我說出的話絕不會這麼可笑！」卡爾以為。

「諸位先生，」參議員再次說，「在非我本意，以及諸位先生的意願下，諸位正參與了一場家務瑣事，我認為責無旁貸，應該說明原委，雖然此事船長已經知悉。」說到此，他與船長互相行禮致意。

「這下我可要好好聽清楚他說什麼了。」卡爾心想，同時往身旁瞄了一眼，留意一下司爐，然後開心地看到他臉上開始恢復氣色了。

「長年以來，我在美國居留期間——居留這個詞，用在我這樣一位別無二心的美國公民身上，確實糟糕——長年以來，我在此生活，完全與歐洲家族脫離了關係，至於箇中原因，首先是無關此事，其次是說來令人傷感，總有一天我也必須強迫自己對外甥說明，我甚至害怕那一刻的到來，屆時難免會有幾句坦白之言，是關於他父母親或牽連到其他人的。」

「不用懷疑，他就是我舅舅，大概是改了姓吧。」卡爾心想，並仔細聽著。

「我親愛的外甥哪，被他的父母親——讓我們用這個符合事實的詞吧——給拋棄了，如同把惱人的貓丟出門外一樣。我外甥做了什麼而受到如此的對待，我絕不會粉飾袒護，不過呢，他的過失只需說個開頭，便足以獲得諒解。」

「這些話還聽得下去，但我可不願意他什麼都說出來，況且他也無從得知。」卡爾思忖著，「消息哪來的？」

「這麼說吧，」這位舅舅繼續解釋，並撐起竹杖，身體微微前傾，如此一來便削弱了這種場面難免會有的正經八百。「他受到一個約莫三十五歲、名叫約翰娜·布魯瑪的女僕勾引。我用了『勾引』這字眼，絕非有意冒犯我外甥，但我實在很難找到其他恰當的用詞。」

已經移步到舅舅一旁的卡爾，聽到這裡，轉身面對在座諸位，解讀他們對此事解讀的表情。沒人在笑，全都一本正經地在聽。說穿了，就是不會有人一開始就乘機取笑參議員的外甥。反倒是有件事可以說說，那就是司爐微笑了一下，即使只是淺淺一笑，卻意味著：第一，司爐又有了令人可喜的新活力。其二，眼前被公開的事，原來是卡爾之前在小艙室格外要對他保密的，這一笑，表示原諒了卡爾。

「這個布魯瑪呢，」舅舅繼續往下說，「為我外甥生了個兒子，是個健康的男孩，受洗時的教名是雅各，無疑是因為想到了敝人，想必是外甥在女僕面前順口提到我，令她印象深刻。我不得不說，萬幸萬幸。由於他父母親規避贍養費或是避免被醜聞波及──容我在此強調，我既不懂當地法律，也對他父母的狀況不甚明瞭──他父母為了逃避贍養費和兒子的醜聞，於是把我外甥送到美國來了，裝備簡陋到了不負責任的地步，誠如大家所見的，這樣單薄地來到美國，若不是新大陸的象徵──依然活躍發生的美國奇蹟，如此孑然一身來到這裡，不需多久便會在紐約港的窄巷暗道裡遇險罹難了吧。幸好女僕針對此事寫信給我，輾轉地在前天抵達信箱，信中說明了整件事，並描述我外甥的樣貌，而且聰慧地附上了船名。諸位先生們，若我所說的令諸位感到興味盎然，我理當朗讀信中幾行內容的。」說著便從口袋掏出字跡密密麻麻的兩大張信紙，揮了一揮，「這封信確實可以打動人心，用詞雖然簡單，卻一再出現珠璣之語，而且充分寫出了對孩子的父親的愛。可是再多說下去，我就是在娛樂大家了，而且可能傷到我外甥還存留在心的感情。如果他願意讀信，可以在已經靜候著他的房間裡，讀取教訓。」

但卡爾對那女僕並無感情。在逐漸褪去的迷惘往事裡，他見到櫥櫃旁的她，手肘抵著廚台，就這樣盯著他瞧，在他偶爾替父親倒杯水喝，或是轉告母親吩咐而進去廚房時。有時她靠在廚台邊歪七扭八地寫信，從卡爾的臉上找靈感。有時她雙手捂住眼睛，對她說什麼都不理。有時她在廚房旁的窄邊間裡，向一個木十字架下跪祈禱，卡爾經過時，便靦腆地從微微開啟的門縫中觀察她。有時她在廚房團團轉，要是卡爾擋到她的路，她就會笑得像女巫似地退開。有時卡爾進到廚房，她便關起門，抓住把手不放，直到卡爾求饒，請她讓路。有時她會把一些東西默默塞到他手中，但都是他根本不想要的東西。然後有一次，她對他叫了聲「卡爾」，突如其來地直呼名諱嚇到了他，她做個鬼臉，便嬌喘地把他拉進女僕房裡，擋住門。她雙臂環住他的脖子，緊得讓人喘不過氣，她請求他解開她衣服的過程中，其實是她在脫光他的衣服。她把他弄到床上去，一副從現在起都不願再讓別人撫摸他、照顧他的樣子，直到世界末日。「卡爾，喔，我的卡爾啊！」她叫著，彷彿看得到他，並藉此證明占有了他。他卻什麼都看不到，被裹進一坨暖呼呼的羽絨被裡，渾身不對勁，看來這是專為他鋪的床，鋪得別有居心。接著她在他身旁躺下，想要聽他說些祕密之類的話，但他什麼也沒說，她生氣了，不知是好玩還是認真，她搖晃著他，聽他的心跳，還把自己的胸部塞給他，要他也聽聽心跳，卡爾卻沒照著做，她便把赤裸的腹部抵向他的肉體，用手在他腿間摸索，卡爾覺得噁心，一直甩頭搖頸，把頭都搖到枕頭外了。然後她把腹部對著他頂了好幾下，他感到她好像成了自己的一部分，也許正是這個原因，使他被一股無助感給震懾了。她說了好幾遍希望還有下次，然後，他終於回到自己的床上，哭了。這才是發生的事，而他舅舅所瞭解的、所講述的，不過是個故事。但這位廚娘也是為他著想，通知舅舅他的到來，這點倒是做得漂亮，他願意將來回報她一下。

「現在，」參議員說，「我想在當眾面前聽你說，我是不是你舅舅。」

「你是我舅舅，」卡爾說，並親吻他的手。舅舅回吻了他的前額。「我很開心能在這裡遇到你，不過呢，如果你認為我父母只會說你的壞話，那就是誤判了。另外還有幾個錯誤，我也想一併指出，剛才所說的事，並非全是實情。可是你人在這裡，要判斷得好也確實不容易。此外我也認為，有些非關緊要的細節雖然與事實有出入，但對諸位先生來說，也是無傷大雅。」

「很會說話，」參議員說，領著卡爾走到全程參與、一臉關心的船長面前，「我是不是有個傑出的外甥呢？」

「參議員先生，」船長說，鞠了個躬，這種鞠躬只有軍校訓練出來的人才辦得到，「很高興認識您的外甥，本船竟能成為親人相認的場景，令人倍感殊榮。

但搭乘統艙必定很不舒適，而且，誰曉得會遇到什麼樣的人呢。是的，我們正竭盡所能，盡量減輕搭乘統艙的辛苦與不適，比如說，我們就做得比美國輪船公司好很多，可是要將這樣的航程做到輕鬆有趣，卻是我們一直做不到的。」

「我沒有覺得辛苦，」卡爾說。

「他沒有覺得辛苦，」參議員大笑地重複說。

「只是，恐怕我的旅行箱已經遺失了——」他想到發生的事，也想到等著去做的事，就這樣想起了一切。他環顧四周，在場人士原地不動地看著他，有的關注，有的驚訝，沒有人說話，目光全都對準他。只有港務局官員表情正經自滿，細看就知道他們正遺憾來的時間不對，已經掏出來擺在面前的懷錶，比發生過的事和可能會發生的事更重要。

怪異的是，在船長表達關懷之後，有所行動的第一個人是司爐，「我衷心祝福您，」他說，並和卡爾握手，想藉此傳達傾慕之意。而當他也想對參議員這麼做時，對方卻往後退，像是表示司爐無權如此而且他這樣還逾矩了，司爐隨即停止動作。

這一下，大家都知道該怎麼做了。眾人凌亂地圍著卡爾和參議員。於是接著的事就發生了，卡爾收到舒巴爾的恭賀，而且竟然也回禮致謝。最後全場安靜下來時，港務局官員們走向前，說了兩個英文單字，造成某種荒謬的印象。

參議員心情大好，樂在其中，繼續把事情的旁枝末節從記憶裡翻出來說，當然啦，大家會耐心聽下去，不只如此，甚至有人顯得興致高昂。他提到自己把廚娘在信裡描述卡爾特徵的重點謄在記事簿裡，必要時便能迅速派上用場。而正當司爐長篇大論，說話沒有重點且令人難耐的過程中，他為了轉移注意力，拿出記事簿，抱著好玩的心態，開始把廚娘的描述和卡爾對照，廚娘的觀察當然不像偵探那樣鉅細靡遺。舅舅說到最後，想要再次獲得眾人恭賀似的，語氣如同為故事作結：「我就這樣找到了我外甥！」

卡爾忽略了參議員的結語，問：「接下來司爐的事該怎麼辦？」他以為有了新身份，便可以盡情說出想說的話。

「該怎麼辦，就會怎麼辦，」參議員說，「而且船長會好好地辦。我想，在場諸位都會同意我的話，司爐的事真是夠了，我們也真的是受夠了。」

「事情攸關正義，和有沒有受夠了無關啊。」卡爾說，他站在舅舅和船長之間，也許這個位置影響了他，使他以為握有決定權。

然而，司爐似乎再也不抱任何希望了。兩隻手插進腰帶，插了一半，因激動而使褲腰和印花襯衫露出來一截，他不去管它了，他已經說出他的苦處，現在人們也該看看他身上的幾片爛布，再把他遣走。卡爾預設地想著，現場地位最低的兩個人是侍從和舒巴爾，最後要好好把司爐遣送出去的事，會是交由他們去做吧。然後，舒巴爾從此可以高枕無憂，不會像出納主任說的那樣沮喪無助。船長可以招聘更多的羅馬尼亞人，整船處處都有人說羅馬尼亞語，這麼一來，也許一切會進行得更好。司爐再也不會去會計總處碎碎念了，他最後的叨叨絮絮只會成為人們記憶中的佳話，一如參議員清楚說明的，正是因為這個原因，才間接促成了他和外甥相認。之前卡爾多次相挺、試圖幫助司爐，也算是提早感謝司爐促使兩人相認，這樣就夠了，司爐不認為自己還能向卡爾有所要求。再說，他只是參議員的外甥，遠遠不是船長，最後舉足輕重的話，終究還是得從船長口中發落。有了這樣的定見，司爐不好再往卡爾那裡看去，難堪的是，滿室的敵人，他的目光再也沒有安息之地。

「不要把事情搞混了，」參議員對卡爾說，「事情也許攸關正義，但同時也涉及紀律，在這裡，兩者都由船長評斷，尤其是紀律。」

「確實如此，」司爐口中喃喃，注意到這句話而且聽懂的人，便會眼睛一亮，會心一笑。

「我們實在太打擾船長先生了，輪船才剛抵達紐約，待辦的公務必定多得難以想像，是時候離開了，免得又介入兩位機輪工人之間的事，沒必要把小事弄得像是法律案件。我瞭解你的正義行為，非常瞭解，也正因為如此，我有權利帶你盡速離開。」

「我立刻請人為兩位降下接駁艇，」船長說，卡爾詫異著，舅舅的這番話可視為礙於身份的自謙之詞，船長竟然沒有異議。出納主任迅速到書桌旁，把船長的指示以電話通知水手長。

「快要來不及了，」卡爾心想，「若要不得罪任何人，我什麼也做不成了。舅舅才剛找到我，此時此刻還不能離他而去。船長雖然客氣，但也僅止於此，若是涉及紀律，他就沒在客氣了，舅舅必定道出了他的心裡話。至於舒巴爾，我不要和他說話，甚至後悔伸手給他握。而其他剩下的人，全都是雞肋。」

卡爾如此想著，同時慢慢走向司爐，把他的右手從腰帶裡抽出來握住，然後撥弄著。「你幹嘛不說話了？」他問，「你為什麼就這樣任人擺佈？」

司爐只是皺起抬頭紋，似乎在尋思可以表達心意的說辭，垂眼看著卡爾和自己的手。

「發生在你身上的事，我十分確信，是船上的人都錯怪你了。」卡爾的手指頭在司爐的指間來回輕撫。司爐眼角泛光，往周遭看了一眼，宛如至福降臨似的，竟沒有人要怪罪他。

「你必須為自己辯護，是或不是，要說出來，否則他們無法知道真相。你必須向我保證，會照我的話做，至於我，由於種種因素，我恐怕再也不能幫你了。」卡爾吻著司爐的手，流著淚。他把那龜裂、近乎僵死的手緊貼在自己的臉頰，彷彿是與珍愛的寶物做最後告別。而在這時，參議員已經到他身旁，拉住他，力道有些強制地把他帶開。

「這位司爐好像對你施了魔法，」參議員說，同時把心照不宣的目光，掠過卡爾頭頂，投向船長。「你覺得自己被拋棄了，幸好遇到了司爐，你現在對他表示感謝，這一點值得嘉許，但不要過頭了，也該看在我的份上，學著瞭解自己的身份地位。」

門後傳來一群人的喧鬧，有個人喊叫著，甚至聽到有人被狠狠地推去撞門。撞進門來的是一名水手長，模樣粗獷狼狽，腰上綁著一條女僕圍裙。「門外有人，」他一邊喊一邊擺動手肘，像是正要把人群推開。等他終於回過神來，準備向船長敬禮時，才注意到身上的圍裙，他趕緊扯下丟到地上，喊著：「噁心，太嗯了，他們居然把女僕圍裙綁在我身上。」接著兩腿一併，行禮致敬。有人想笑，但船長嚴厲地說：「他們的心情怎這麼好。外面那些人是誰？」

舒巴爾前進一步，說：「那些人是我的證人，我在此為他們不當的行為求情，越洋航程結束後，那些人不時會狂歡一下。」

「立刻叫他們進來！」船長下令，並隨即轉身面向參議員，言詞有禮，語速卻快：「敬愛的參議員先生，勞駕您與外甥跟隨這位水手長，他會引領二位上接駁艇。個人能夠結識參議員是何等榮幸，何等愉快，這一點無需我再贅言，參議員先生，我只期盼很快能有機會與您接續關於美國海軍艦隊的對話，暢談無阻，說不定到時我們的談話也會如同今天這般，被愉快地打斷。」

「冒出個外甥，暫時一個就夠了，」舅舅笑著說，「請接受我最誠摯的謝意，感謝您的親切周到，並請多加珍重。另外，說不定下一次在我們兩人……」他真心真意地把卡爾摟向自己，「前往歐洲的航程中，我們一起與您有更長的時間談話囉。」

「樂意之至，」船長說，兩位紳士一再握手道別，卡爾無話可說，只蜻蜓點水似地把手伸向船長，因為船長已經準備應付下一批人了。約莫十五個人在舒巴爾帶領下，靦腆不安卻非常聒噪地走進來。水手長請參議員容許自己走在前面開路，於是參議員與卡爾就這樣穿過了向他們鞠躬哈腰的人群。這些沒有心機的人，看來是把舒巴爾和司爐的衝突當成取樂的鬧劇，直到這次鬧到船長面前才完全落幕。卡爾注意到了人群中的廚房女僕琳娜，她正俏皮地對他擠眉弄眼，腰上繫著水手長丟掉的圍裙，原來是她的圍裙啊。

兩人隨著水手長前進，離開了辦公室，轉進小走道，幾步路後便到了一扇小艙門前，門後便是已經備好連結接駁艇的短梯。水手長一聲令下並跳上船，水手們隨即紛紛起立行禮。參議員正在提醒卡爾要小心跨步走下短梯時，還在短梯最上層的卡爾竟爆出哭聲。身在背後的參議員緊緊摟住卡爾，伸出右手托著他的下巴，左手輕撫著他。他們慢慢步下短梯，一步一步，緊密相連地上了小艇。參議員在船上為卡爾找了個好位置，兩人面對面坐下。參議員對水手長揮手示意開船，小船隨即脫離大船，水手們全力搖槳。船行幾米之後，卡爾意外發現原來他們的位置正對著蒸汽輪會計總處的舷窗，三扇窗口都擠滿著舒巴爾的證人，他們以最親和的方式揮手祝福，參議員回禮致謝，某位水手甚至表演了特技，在不中斷划槳的情況下，能夠騰出一隻手送出飛吻。司爐好像是不存在的人了。卡爾直視舅舅的眼睛，兩人的膝蓋幾乎碰在一起，他揣度著，眼前的人是否就能取代司爐了呢。舅舅避開了他的目光，望向繞著船身的起起伏伏的波濤。

輯二

鄉村醫生

Ein Landarzt

我的處境極度尷尬：眼前是迫切必須出發的行程；一個重病患者在離此十公里遠的村子等著我；強烈的暴風雪充斥在我和他之間的廣闊空間；我有一輛馬車，很輕盈，輪子很大，完全是走在我們鄉村道路上的輪子所需要的配備。身上裹好皮毛大衣，手提醫生包的我，已站在院子裡準備好要出發，但是沒有馬，馬匹呢？我自己的馬在前一天晚上因為在寒冷的冬天裡過度勞累，已經死了。我的女僕現在在村子裡到處走訪，想借到一匹馬。但是這是徒勞的，我知道。雪在身上愈積愈厚，身體被凍得愈來愈僵硬，我束手無策地站在那裡。大門那邊女僕出現，單獨一人，手上的提燈搖晃著。也是預料中的事，誰這時候會出借一匹馬給這種行程？我再次打量院子，找不到任何可能性。我不經心地、苦澀地用腳踢著，那是豬圈那扇已經多年沒有使用的脆弱的門。門開了，掛在絞鍊上還開開合合的。猶如馬身上所散發的熱氣和味道迎面而來，一盞晦暗的燈掛在繩子上，在裡面搖曳著。一個蜷縮在低矮隔板裡的男人，露出有藍眼睛的臉，「請問要上轡繩嗎？」他問，四足著地向我爬過來。我不知道要說什麼，便彎腰看看畜欄裡還有什麼。女僕站在我旁邊，「自己反而不清楚自家儲存著什麼東西。」她說，我們兩個一起笑出來。「太好了！太好了！」馬夫歡呼著。這兩匹馬，高大、軀幹兩側強壯的動物，腿貼著肚子，比例勻稱的頭像駱駝一樣垂低著，兩匹馬一前一後地站著，僅靠軀體的扭力，就將自己從被牠們塞得一點空隙不留的門中擠出來。之後牠們即刻便站得挺直，高高的腿，身上濃密地冒著熱氣。「快幫他！」我說，熱心的女僕趕快要將馬具拿給車夫。但是馬具還未送到車夫那裡，車夫就一把搶過來，而且還將自己的臉撞上她的臉。女僕大叫一聲，逃到我身邊，兩排牙齒印紅紅地刻在女僕的臉頰上。「你這個畜生！」我生氣地大喊，「要吃鞭子嗎？」但是我馬上醒覺，那是一個我不知道是哪裡來的陌生人，而且在其他人都拒絕幫忙的情況下，他自願來幫助我。他似乎能夠讀出我的心思般，對我的威脅不以為意，只是一邊注意著馬匹，一邊朝我轉過身來。「請上車。」他說，然後真的：一切都準備好了。這麼美的馬具我察覺到了，我從來沒有坐過有如此美麗馬具的馬車，我欣喜地登上車。「我來駕車，你不認識路。」我說。「當然，」

他說，「我也沒有要一起去，我留在這裡和蘿莎在一起。」「不！」蘿莎大叫，跑進屋子裡，正確地預知到自己命運的必然性。我聽到她放在門前的門鍊叮噹響，我聽到門鎖上鎖，除此之外，我看到她在走廊上以及繼續趕去所有房間裡把燈關掉，讓人無法找到她。「你跟我一起去，」我對馬夫說，「否則的話我就放棄這趟行程，雖然我急著要趕去，但是我不想把女僕當這趟車程的價錢給你。」「駕！」他手一拍，說道。馬車立即被拉走，像樹幹掉入急流中，我彷彿還聽到我房子的門在馬夫的猛擊下破裂成碎片，然後我的眼睛和耳朵充滿了對所有感官同樣有穿透性的咻咻聲。即便如此，也彷彿只有一瞬間，因為打開我家的大門，就好像打開了病人家院子的大門似的，一切如此迅速，我馬上就抵達了。馬靜靜地站著，大雪已經停了，月光灑滿四周。病人的父母衝出來，他的妹妹跟在他們身後，我幾乎是被抬下馬車的。他們七嘴八舌的，我聽不懂，病人房間裡的空氣讓人幾乎無法呼吸，沒有人關心的爐火在冒煙，我要打開窗戶，但是先要看看病人的情況。他看來削瘦，沒有發熱，不冷、也不溫暖，眼神空洞，沒有穿上衣，男孩從羽絨被下起身，他把手掛在我的脖子上在我耳邊低語：「醫生，讓我死吧！」我環顧四周，沒有人聽見這句話。父母在一旁無聲地垂首站著，恭候我的指示，妹妹搬來一張椅子放我的包包。我打開包包，在工具裡搜尋著，男孩從床上不斷地伸出手來觸摸我，提醒我他的要求；我拿出一把鑷子，在燭光下檢視，然後又把它放下。「是啊，」我褻瀆神明地想：「這種情形的話神明就來幫忙了，送來缺失的馬匹，因為是緊急情況還加碼給第二匹，怕還不夠似地，再送上車夫——」現在我才想起還有蘿莎，怎麼辦？我如何才能救她？離她十英里之遠，馬車前是無法駕馭的馬，我該怎麼樣才能把她從馬夫身下拉出來？這兩匹馬現在不知怎麼地鬆開了馬具，把窗戶從外面推開，牠們不知道怎麼辦到的，兩匹馬都把頭伸進窗戶來瞪著病人，而且完全沒有因為這家人的失聲大叫而受驚嚇。「我馬上回去。」我心裡想，好像馬在催促我起身似地，但我還是讓這位認為我已經被熱昏頭的妹妹，幫我脫下毛皮大衣。他們為我準備好一杯蘭姆酒，父親拍拍我的肩膀，他奉獻出他的寶貝藏酒，讓他認為他可以對我做出這種行為。我搖搖頭，置身在這位父親這種狹隘的想法裡我感到噁心，就因為如此我拒絕喝這杯酒。病人的母親站在床邊招呼我過去，我回應她走了過去，當一匹馬朝天花板大聲嘶鳴的同時，我把頭靠在男孩的胸口上，他因為我濕漉漉的鬍子而冷得打顫。這證實了我本來就知道的事：這個男孩是健康的，只是血液循環有點不佳，被擔憂的母親灌下太多咖啡，除此之外他是健康的，最好就是把他一把推下床。我不是想改變世界的人，讓他繼續躺著吧。我是這個區域聘請的醫生，我盡我的義務到極點，幾乎多到不能再多。雖然報酬微薄，但是我仍然慷慨大方，面對窮人也熱心幫忙。而我還得養活蘿莎，那就算這個男孩是對的吧，即使是我也真想死了算了。在這永無止境的冬天裡，我在做什麼！我的馬過勞而死，村子裡沒有人願意把馬借給我。我必須從我的豬圈裡把我的馬車拉出來，這兩匹馬沒有出現的話，我就得駕豬拉的車來了。情形就是如此。然而我還是對著這家人頻頻點頭。他們不知道我的情況，倘若他們知道的話，他們也不會相信的。開處方是很容易的，但是除此之外，跟他們溝通很困難。現在，我出診治療告一段落，又是一次沒有必要的出診，我已經習慣了，整個地區用我的夜間門鈴在折磨我，而且這次我還必須把蘿莎——這個跟我住了很多年，卻幾乎不被我注意到的美麗女孩——貢獻出去，這個犧牲太大了。我必須在腦中用精妙的技巧臨時想出辦法，調整心態，免得我對這戶人家發火，就算他們想，也無法把蘿莎還給我的。當我把提包合上，揮手想要拿我的毛皮大衣時，這一家人站在一起，父親聞著手裡的蘭姆酒杯，母親——可能對我很失望——啊，這家人想怎麼樣？病人的母親咬著唇，眼裡充滿淚水，病人的妹妹手拿一條血跡斑斑的手巾在揮動，這種情況下我無論如何準備要承認，這個男孩也許可能生病了。我朝他走過去，他對我微笑，彷彿我給他端來最濃的湯似的——啊，現在兩匹馬都在嘶鳴——這個聲音可能來自更高的旨意，為了讓檢查容易一些——現在我覺得：對，這個男孩生病了。他的身體右側，臀部的部位出現了一個手掌大小的傷口。粉紅色的，有很多深淺程度的細微差別，傷口深處顏色深，愈到邊緣顏色愈淺，紋理細膩，帶有不均勻的血斑，傷口表面像礦井一樣暴露在光線下。這是傷口從遠處觀察的樣子，近看的話還會發現一處惡化的地方。誰看到這個能忍住不輕吹聲口哨？與我的小指相同粗細和長度的蟲，就在傷口內，除了自身是玫瑰色還被濺滿鮮血，牠們白色的小頭和許多細小的腿向著光在蠕動。可憐的男孩，你沒有救了。我找到了你的大傷口；你會因為身側這朵花而死亡。家人們很高興，他們看到我在行動；妹妹跟母親說話，母親跟父親說，父親跟踮著腳尖，伸出雙臂保持平衡，在月光下從敞開的門進來的幾位客人說。「你會救我嗎？」男孩哽咽著低聲說，完全被他傷口裡的情形蒙蔽了雙眼。我周圍的人就是如此，總是要求醫生做不可能的事。他們失去了舊有的信仰，神父坐在家裡，將祭袍撕碎，一件接著一件；但是醫生柔嫩的外科之手，什麼事都要做。好吧，像一般人所喜歡的那樣：我並沒有奉獻自己；但是你們倘若要利用我來實現神聖的目的，我就讓它發生吧；你這個老鄉下醫生，女僕都被搶了，還有什麼好希望的！然後，家屬和村裡的耆老都來了，他們幫我寬衣；學校的唱詩班以及領班的指揮站在房子前面，演唱著一首旋律極為簡單的歌曲，歌詞是：

「為他寬衣，他就醫治。

他醫不了，就處死！

只不過是一個醫生，只不過是一個醫生。」

我脫掉衣服，手指捻著鬍子，側著頭靜靜地看這些人。我冷靜沉著，優於其他人，這點短期內不會改變，雖然這些對我都沒有幫助，因為現在他們抓住我的頭和腳，把我抬到床上去。他們把我放在靠牆、傷口的那一側。然後所有的人都離開了房間，房門被關上；歌聲啞然；浮雲遮住月亮；被褥暖暖地圍著我周身；馬的頭在窗框裡像影子一樣晃動。「你知道嗎，」我聽見，有人在我耳邊說：「我對你的信任程度很低，你也只不過是被丟在這裡，無法自立。不但幫不了我，你還加速我的死期，我恨不得把你的眼睛挖出來。」「沒錯，」我說，「這是恥辱。只是，我總歸是醫生，我能怎麼辦？相信我，這對我來說也不容易。」「你這麼說我就得滿意嗎？啊，我也只能滿意。我總是只能對一切感到滿意。我生下來就帶著這一道美麗的傷口，這是我所有的裝備。」「年輕人，」我說，「你的錯誤是，看事情不看全面。我，這個在不論或遠或近的所有醫院病房裡都待過的人，告訴你：你的傷並沒有那麼嚴重。你的傷口像是斧頭斜斜地往下砍兩次造成的。很多人都不免提供他們身體的一側，在森林裡他們幾乎聽不到斧頭砍伐的聲音，更不用說斧頭靠近的聲音。」「真的嗎？還是你趁著我發燒時騙我？」「確實是這樣的，接受我以公家醫生用名譽跟你說的話吧。」他相信我的話，安靜下來。現在該是時候考慮怎麼脫身了。馬仍然忠誠地在牠們原來的位置站著。衣服、毛皮大衣和醫生包，很快地我都拿到手，我不想被穿衣服耽擱到時間；馬匹就像在來的路上一樣迅速就位，基本上我像是從這一張床直接跳到我自己的床上。一匹馬乖乖地從窗口退出去；我把我的東西都丟進馬車裡，毛皮大衣飛得太遠，只有一隻袖子勾住了鉤子。這樣就夠了。我飛身上馬，皮帶鬆鬆地拖著，一匹馬與另一匹馬幾乎沒有相連，馬車在後面像找不到路似的，最後是毛皮大衣在雪中。「快！」我說，但是快不起來，像老人家一樣，我們拖拖拉拉地穿過雪地，很長一段時間在我們的身後都能聽見，孩子們那首新的、但是是錯誤的歌曲在回響：

「雀躍吧，病人們，醫生躺上你們的床了！」

我永遠不會這樣回家的，我失去了我興旺的診所，繼任的人偷走了我的東西，但是這沒有用，因為他無法取代我。在我家裡，噁心的馬夫在大肆破壞，蘿莎是他的受害者，我不想去想像。暴露在這個最苦難的時代的霜凍之下，駕著塵世的馬車、非塵世的馬，我赤身露體像個老人，不知何去何從。我的毛皮大衣吊在馬車後面，我搆不到，而這群能動的病人中，卻沒有人動一動指頭。謊言！騙局！只要一次回應了誤報的夜間門鈴——一切就再也無法挽回了。

附錄

卡夫卡——在他的逝世十周年紀念日

Zur zehnten Wiederkehr seines Todestages, 1934

文／班雅明（Walter Benjamin）

波坦金[1]（Potemkin）

據說是這樣：波坦金受苦於嚴重的、多少難免會規律復發的憂鬱症，抑鬱起來的時候沒有人能夠接近他，連進入他的房間也會被嚴格禁止。在宮廷中這個病症不能被提起，主要是大家深知，任何暗示都有可能被女皇凱薩琳降罪。在眾多憂鬱期中，有一期持續得很不尋常的久。後果是嚴重的錯誤情況；在登記處，女

1 此故事源自普希金的寓言，而另一方面，波坦金（1739-1791）也真有其人，是俄國歷史上的重要人物，擅長政治、外交、軍事，也是女皇凱薩琳的情人。（以下皆譯注）

皇要求沒有波坦金的簽字就不能完成的文件已經堆積如山。高層官員束手無策，不知如何應對。這個時候，不重要的小文書官舒瓦爾金（Schuwalkin）不經意地走到首相府的前廳，在那裡高層們一如往常聚在一起發牢騷、抱怨。「發生什麼事了，各位大人？有什麼我能夠效勞的嗎？」殷勤的舒瓦爾金說道。府裡的官員跟他解釋了情況，對沒有讓他效力的地方感到遺憾。「如果除此沒有其他的事，先生們，」舒瓦爾金回答，「請將文件交給我，我請求大家。」那些也不怕再失去什麼的官員們因此被說服，然後舒瓦爾金將文件打包，夾在腋下，穿過迴廊和過道，來到波坦金的臥室前。他沒有敲門，甚至沒有停下腳步，按下門的把手。房間沒有上鎖，半明半暗中，波坦金穿著破舊的睡袍、咬著指甲坐在床上。舒瓦爾金走到辦公桌前，把羽毛筆插進墨水瓶蘸濕，二話不說把筆塞進波坦金手裡，將第一份文件放到他膝蓋上。空洞地望了闖入者一眼之後，猶如在睡夢中的波坦金開始簽完第一份，然後簽第二份，接著簽完所有的文件。當最後一份文件收回，舒瓦爾金不費力地如同來時一般，卷宗夾在腋下，離開房間。他得意洋洋地揮著文件，踏進前廳。官員們都朝他衝過去，從他手中搶下文件。他們屏住呼吸俯身看著文件，一個字都說不出口，全體楞住。舒瓦爾金又一次走近，殷勤地詢問，先生們如此震驚是為何。這時他的目光也落在簽字上，一份又一份，所有的文件上都簽署：舒瓦爾金、舒瓦爾金、舒瓦爾金……

這個故事像一個比卡夫卡的作品早了兩百年的先驅。這個籠罩隱藏在故事中的謎題，是卡夫卡的謎題。公事房、登記處和發霉、破舊、黑暗的房間的世界，是卡夫卡的世界。一切都輕鬆視之，最後卻徒勞無功的殷勤的舒瓦爾金，是卡夫卡的K。在一個偏僻、被禁止進入的房間裡，半睡半醒、衣冠不整又昏沉度日的波坦金則是掌權者的祖先，是那些在卡夫卡文中作為閣樓上的法官、城堡裡的書記，以及無論地位有多高，但骨子裡總是在下沉，或者更貼切的說是在沉沒的人，他們卻能夠在最底層、最墮落的腐敗中，在守門人與老弱無能的官員身上，突然無預警地將他們手中的權力藉機展示出來。

他們半睡半醒、渾噩之間在想什麼？也許他們是頸背上馱著地球（世界）的亞特拉斯（Atlas）的後裔？也許這是他們因此「頭那麼的低地垂在胸前，以致眼睛幾乎不可見」，猶如城堡主人在自己的肖像畫中或克拉姆（Klamm）[2]在一個人獨處時？只是他們所馱負的並不是世界，光只是最日常的事物就已經是他們的負擔：「他的疲憊是羅馬競技場上的鬥士（Gladiator）搏鬥之後的疲憊，他的工作是把公家機關辦公室的一個冷僻角落刷白。」──一如盧卡奇（Georg Lukacs）曾說：今日為了裁製出一張合適的書桌，需要有米開朗基羅的建築天才。就像盧卡奇對他身處的時代所想的，卡夫卡也如此看待一直以來更迭的人世間或世界年代。這個男人在粉刷時，還有世界要去改變，而且還必須以最不被察覺的姿態。有多次，出於奇特的原因，卡夫卡的人物會在某些情境拍手，有一次還有角色不經意地說，手「其實是蒸氣錘」。在持續而緩慢的動作中──無論下降或上升──我們認識到這些掌權者的移動，但是沒有什麼比他們從墮落的最深處──從父親那裡──崛起，更可怕的了。面對遲鈍、衰老的父親，剛剛才將父親輕放到床上的兒子說：「『別再說話了，幫你蓋好被子了。』──『不，』父親大喊，說出的回答頂撞著問題，他將被子掀開，力氣大到有一片刻，被子飛到空中完全展開，然後他在床上站得直挺挺地，只用一隻手輕扶天花板，『你想把我蓋起來，這個我知道，我的小飯桶，但是我還不要被覆蓋，即使是最後的力氣，對付你也足夠了，對你來說也太多了！……幸好父親不用教就能知道兒子在想什麼！』……——他完全不需支撐地站起來，腿一踢，洞察力煥發。——……『現在你知道除了你之外還有什麼，直到現在你只知道你自己！你確實只是一個天真的孩子，但是更真切地說，你其實是個惡魔般的人！』」擺脫被子遮蓋重擔的父親，藉此也擺脫了整個世界的負擔。他必須啟動世界，讓古老的父子關係繼續有效且影響深遠。但這深遠的影響而導致什麼樣的後果啊！

他判處兒子以溺水死刑，父親是處決者，他和法庭人員一樣，被罪責所吸

2 克拉姆在卡夫卡作品《城堡》中，是擔任機構主任的角色，主角K送的文件需要他的批准。

引[3]。很多證據表明，對卡夫卡來說，官僚的世界和父親的世界是同一個。這個相似性不是值得驕傲的，遲鈍、墮落、骯髒是造成相似性的原因。父親制服上污漬一塊又一塊；他的內衣不是乾淨的。髒污是公務人員賴以生存的元素。「她不明白，為什麼會有向公眾開放的辦公時間。『為了把前面的階梯弄髒，』有一次一個官員回答她的問題時，也許不勝其擾地這麼說道，但對她來說卻非常有道理。」[4]在這個程度上，不潔已經成為官員的特徵，簡直可以直接將他們視為巨大的寄生蟲。當然這與經濟整體無關，而是與延續這個氏族的理性力量和人性力量有關。在卡夫卡小說中，在奇特的家庭裡，父親也如此依賴兒子生活下去，像可怕的寄生蟲一般寄生在兒子身上。父親不僅吸食兒子的精力，他也吸食兒子生存的權利。他是施刑者父親，同時也是原告。

他指控兒子所犯的罪，似乎是一種原罪（Erbsünde）。因為卡夫卡的人物中，受到卡夫卡所給予的命運影響的，誰比兒子這個角色更嚴重：「人類所犯下的原罪——自古以來的不公正，由人類犯下的——存在於人提出控訴而且不放棄控訴，認為自己遭到不公正的對待，控訴自己才是原罪的受害者。」如果不是父親透過兒子對他的指控，不然是誰作出對原罪——即立下繼承人——的指控？如此一來有罪的人豈不就是兒子？但是我們不可以根據卡夫卡的句子推斷控訴是有罪的，因為這是錯的。卡夫卡文中沒有任何地方指出這個控訴導致不公正的後果。這是一個永久的過程，也是等待處理中的過程。而絕不會有比父親請求這些官員、法庭書記團結，更讓人懷疑的行為了。在這些人身上是極端的腐敗，最糟糕的狀況。因為他們核心的本質是，他們的可賄賂性是人們能夠在他們的表情中找到的唯一希望。此外法庭雖然有法典，可是它是不允許被看到的。「……這是法院本質的特性，人不僅會無辜地被定罪，而且被定罪了還一無所知。」K推測道。法律和成文的規範在遠古的時代中還是不成文的律法。人可能在不知情的情

3 在卡夫卡作品《判決》中，父親處決兒子溺斃之刑。

4 摘自《城堡》裡的片段，這裡的「她」是指Herrenhofwirtin，有如女管家，負責打掃與飲食。

況下違反了這些原則，從而淪入贖罪中。但是無論贖罪對自己的罪——無所知的人來說，是多麼的不幸，而贖罪的發生在法律意義上不是偶然，而是在此處，呈現出它不確定性的命運。赫爾曼・科恩（Hermann Cohen）在大略地思考舊有的命運概念時，已經將命運稱為「不可避免的洞察力」，即命運是命運本身的秩序，而這些秩序似乎引起並帶來人對秩序的背叛和脫離。對K提起訴訟的司法系統也是如此。K的審理過程將我們帶回到遠在《十二表法》之前的遠古時代，而當時已有早期的成文法，是遠古時代的一種勝利。成文的律法雖然存在法典之中，但是內容是秘而不宣的，而且藉著成文律法的幫助，遠古時代只是更加肆無忌憚地依此施行統治。

公家機構和家庭中的情況，在卡夫卡的作品中有多方面互相牽連。在《城堡》中，位於城堡山腳的村莊裡有一個流傳的說法與上述珠玉吻合：「『在這裡大家都這麼說，您也許也知道：官方對事情的決定，有如少女般羞怯』『這真是一個很貼切的觀察，』K說，……『貼切的觀察，官方這些決定可能與少女還有其他相同的特性。』他最值得注意的觀察應該就是，一切都是借用的，就像那些在《城堡》和《審判》中遇見K的害羞少女，以及在家裡就像在床上一樣屈服於淫亂的少女們。他在旅途上幾乎每步都會遇見這樣的少女，接下來的事情就像征服酒吧女郎一樣，不會造成任何麻煩。」他們擁抱在一起，小小的身體在K的手中燃燒，他們翻滾在失去理智的狀態中，K不斷地，但是徒勞地試圖將自己從中救出，他們翻滾了幾步之後，砰的一聲撞到了克拉姆的門上，然後躺在鋪滿地的啤酒灘和其他垃圾裡。在那裡幾個小時過去，……在這幾個小時中克拉姆一直不斷地有個感覺，他迷失了，或者他比以前的任何人都更深入異鄉，在這個異鄉中，連空氣組成中都不含家鄉空氣的成分，因陌生而致窒息，在異鄉令人失去理智的誘惑下，只能繼續前行，繼續迷失。」關於異鄉，之後會再講述。然而，值得注意的是，這些淫蕩的女人從來都不是美麗的。相反地，在卡夫卡的世界裡，美麗只出現在最隱蔽的地方：例如被告身上。「『這當然是一個奇怪的、幾乎是科學的現象……造成外表的美麗的，不可能是罪責……也不可能是正確懲罰讓外表現在變得這麼美麗……那麼，讓他們變美的只存在那些強加在其身上的司法程序。』」

從《審判》可以推斷出，這個司法程序對被告來說是無望的──即使他們還有希望被無罪釋放，也是沒有希望的。也許正是這種絕望使被告的角色人物塑出美感──他們是卡夫卡筆下唯一受到青睞的角色。至少這與馬克斯・布羅德傳下的一段對話非常吻合。「我記得，」他寫道，「與卡夫卡的一段對話，這段對話是以當今的歐洲和人類的衰落為出發點。『我們是，』他這樣說，『虛無主義的思想、自殺的想法，在上帝的腦中升起浮現。』這讓我首先想起的是諾斯底教派（Gnosis）的世界觀：上帝是邪惡的創造世界者，世界則是祂的罪過。『哦，不，』他覺得，『我們的世界不過是上帝的壞心情、糟糕的一天。』──『那麼，除了我們知道的世界的這個顯現之外，還有希望存在嗎？』──他微笑：『喔，希望是足夠的，有數不盡的希望，只是那不是給我們的。』」這些話可為理解卡夫卡那些特殊的角色架起了一座橋樑，這些角色是唯一逃離家庭懷抱的人，而他們或許仍有希望。但有些角色不在此列，比如像半貓半羊或者奧德拉德克（Odradek）這樣的雜種或怪物，因這些其實都還在家庭的綁縛之下。格雷戈爾・薩姆沙變成一隻害蟲在他父母的房子裡醒來，不是沒有原因的。一隻在家中、半是貓半是羊的奇特動物是父親遺物中的一件，不是沒有原因的[5]。奧德拉德克成為家族的父親，不是沒有原因的。但是「助手」的角色其實不在這個圈子內。這些助手屬於貫穿卡夫卡整體作品的一個人物圈。他們這一族中在《沉思》（*Betrachtung*）裡，騙局被揭露的騙子，這個人物無異於那個在夜晚以卡爾・羅斯曼（Karl Roßmann）的鄰居身份，出現在陽台上的學生，無疑也像是那些居住在南方城市、不知疲倦為何物的傻瓜們。他們意義不明確的存在讓人想起在羅伯

5 在卡夫卡的短篇作品〈一隻雜種〉（Eine Kreuzung），敘事者有一隻奇特的動物，從父親的財產所繼承的。

特・瓦爾澤（Robert Walser）——卡夫卡非常喜歡的小說《助手》（*Der Gehülfe*）作者——的小品，其中讓人物浮現的搖曳燈光。印度傳說可得知有乾闥婆（Gandharwe）——是未完成的創造物和迷霧狀態下的存在。卡夫卡的助手角色都是這樣的類型，他們不屬於任何其他人物圈子，也不是陌生的；他們是使者——在人與人之間忙碌著。他們看起來，像卡夫卡所言，類似使徒巴拿巴（Barnabas），而他正是一位使者。他們還未完全從大自然的子宮裡被釋放出來，因此他們在「一個角落裡、地板上，用兩件老婦的衣服上安頓自己」。這是……他們的矜持，……盡可能地不占空間，當然，總是在口齒不清、嘻嘻地笑當中，他們在卡夫卡作品中做各種嘗試，交叉著手臂和腿，他們聚在一起蹲伏著，朦朧中在他們所在的角落只看得到一大團影子。「對他們和與他們類似的、那些未完成的以及不聰明靈巧的人來說，希望仍然存在。在這些使者的活動中，我們可以微妙地、非正式地看出，對於整個人類群體來說，這是一種壓迫性的、令人沮喪的法則。沒有人擁有他們穩固的地位，擁有他們永久不變無可互換的輪廓：沒有一個不被上升或墜落所綁束，沒有一個不與敵人或鄰居進行交易，沒有一個不是已經完整地經歷了他們的時間卻仍不成熟，沒有一個不是已經疲憊不堪卻還處在漫長的持續存在的開端。要講秩序和階級，在這裡是不可能的。這些的神話世界所揭示的，遠比卡夫卡的世界還年輕得多，而卡夫卡的世界卻已經對神話許諾了救贖。若說我們明白了什麼，那就是：卡夫卡沒有受到神話的誘惑。他是另一個奧德修斯（Odysseus）[6]，他『透過朝向遠方的目光』讓誘惑滑落，海妖在他的堅毅面前正式地消失，而當他最靠近他們的時候，卻對他們不再有所知。」在這些卡夫卡所有的遠古先祖中，像是我們還會提到的猶太人、中國人，這個希臘人更是不能被忘記。奧德修斯正好站在神話與童話的分界線上。理性和詭詐被插入在神話中，作為託辭假象，但它們的權力不再堅不可摧。童話是戰勝權力的傳承，而當卡夫卡想寫神話傳說時，他為辯證論者寫下童話。他在文中置

6 希臘英雄奧德修斯，是荷馬史詩《奧德賽》（Odysee）中的主角。

入詭計，然後從詭計裡讀出「即使是不充分的、幼稚的手段，也能夠達到拯救的目的」的證據。隨著這段文字，他引導出他的短篇小說〈海妖的緘默〉。海妖面對他時沉默不語，她們有「比歌唱還要可怕的武器，……是她們的緘默。」在奧德修斯身上她們使用的就是這個。但是他，根據卡夫卡，「是如此的詭計多端，是一隻連命運女神也無法滲透進他的內心深處的狐狸。雖然這已經無法用人類的理智來理解，也許他的確察覺到海妖緘默無聲，所以他只是將『移交』的假象當成盾牌，某種程度作為對抗，舉給海妖和眾神看。」

卡夫卡文中刻畫的海妖是沉默的。這也許是因為對他來說，音樂和歌唱是逃離的表達方式或者至少是抵押品。我們所擁有的交換希望的抵押品，得自那個不起眼的、同時是未完成的以及日常的、既令人感到安慰又可笑的人世間，是助手們賴以為家的那個人世間。卡夫卡猶如離家的少年，離開家為了學習恐懼。他陷進波坦金的宮殿裡，首先在宮殿裡的地窖洞窟裡遇到喬瑟芬（Josefine），那隻會唱歌的老鼠，他如此描述她的智慧：「一些源自貧窮匱乏的童年，一些來自永遠失去的、不會再找到的幸福，但是也有一點來自日常的、現今的生活，來自生活中微小、不被理解卻仍然挺立、不可被扼殺的朝氣。」

童年照片

卡夫卡有一張兒時的照片，很難得地為他「貧窮、短暫的童年」留下令人動容的圖像。這張照片可能攝自十九世紀當時一個照相館，一個有窗簾、棕櫚樹、掛毯和畫架的照相館，空間感地位模糊地存在於酷刑囚室與王座寶殿之間。這個六歲男孩穿著緊身到幾乎難為情的、衣服上裝飾物過多的兒童套裝，被置於某種溫室花園景象中。背景裡棕櫚葉凝視著，而似乎為了讓這個襯著軟墊的熱帶景觀裝飾更悶熱潮濕，他的左手拿著過大的寬邊帽子如西班牙人。他無盡悲傷的眼睛主宰著為之擺設出的風景，如貝殼般的耳朵傾聽著。

強烈期望「成為印第安人的願望」也許排遣了這巨大的悲傷：「但願我是印

第安人，能夠馬上做好準備，躍上奔馳中的馬，斜掛在空中，一再地在震動的地上震動著，直到不再催動馬刺，因為沒有馬刺了，直到拋掉韁繩，因為沒有韁繩了，而當眼前平整的牧場浮現，馬的脖子和馬頭也已然消失，只剩身軀向前。」這個願望裡包含了很多東西，而願望的實現揭露了內心願望的秘密。

他在美洲新大陸找到了願望實現。在《美國》（*Amerika*）作品中具有特殊的性質，從主角的名字就可以看出。早期的小說中，作者從不以縮寫名字的開頭字母以外的方式，含糊稱呼主角，而在這裡名字的縮寫在新大陸上，以全名經歷體驗了重生。他也因名字的縮寫在俄克拉荷馬州的自然劇場（Naturtheater，指露天舞台、劇院，以令人印象深刻的自然景觀為背景）上而重生。「卡爾看著街角一幅海報，上面寫著：克雷頓（Clayton）賽馬場於今天早上六點至午夜，為俄克拉荷馬劇院徵求工作人員！俄克拉荷馬的大劇院在召喚你們！僅只今天，僅只一次！錯失這次良機，就永遠失之交臂！為自己未來著想的人，是屬於我們的人！我們歡迎每一個人！想成為藝術家的人，就來登記！我們劇院能夠讓每一個人發揮才能，每一個人都有他的位置！決定加入我們的人，我們在這裡恭喜他！但是動作要快，要讓自己在午夜前進入名單！午夜十二點整我們將關閉不再開放！不相信的話，後果自負！起身出發到克雷頓來吧！」閱讀這則啟事廣告的人是卡爾・羅斯曼（Karl Roßmann），他是卡夫卡小說主角中第三個出現的K，也是比較幸福的K。幸福在俄克拉荷馬賽馬跑道上的自然劇場等著他，就像「不快樂」曾經在他來回奔跑「猶如賽馬場一樣」的狹長地毯上，向他襲擊一樣。自從卡夫卡寫下他的觀察〈給業餘騎師的反思〉後，自從他讓「新律師」「高舉雙腿，在大理石地上用喀喀喀的腳步聲」登上法院的台階，自從他讓「鄉間小路上的孩子們，在鄉下環抱雙臂漫步」後，他對這個形象就很熟悉，事實上卡爾・羅斯曼也可能發生「因為困倦而漫不經心，常常有太耗時或無用的浪費這類情況。所以，他可以在上頭達到自己的願望的，只能是一條賽道。

這條賽道同時也是一個劇場，這就令人費解了。這個謎樣的地方和身上沒有謎團、完全透明、全然十足的的卡爾・羅斯曼的人物形象是一體的。透明、純粹、幾乎沒有個性的卡爾・羅斯曼在這一點上，就像弗朗茲・羅森茨威格（Franz Rosenzweig）在他的《救贖之星》（*Stern der Erlösung*）中所說，在中國，人的內在「完全沒有個性；智者的概念──一般如孔子所代表的，將所有可能的性格特點都抹去；他是真正地沒有特性，也就是平均的一般人……中國人所標明的，是和性格完全不同的東西：是情感或感覺上一種非常基本的純淨組成。」一如大家在思想上想傳達的──也許這個感覺的純淨是姿態行為（gestisch）上，一種非常特別的、精細的秤盤──無論如何，俄克拉荷馬的自然劇場讓人想起是一種姿態戲劇（gestisches Theater）的中國戲劇。這個自然劇場最重要的功能之一是將事件發生分解成為姿勢表達（das Gestische）。是的，我們可以繼續深入，我們可以說，卡夫卡很小部分的研究和故事，在作為戲劇表演被置放到俄克拉荷馬的自然劇場裡時，才會完全顯現出來。這時我們才絕對能肯定地看出，卡夫卡的整個作品建構出一個姿態（Geste）的法典，這個法典絕不可能從一開始對作者來說就有明確的象徵意義，相反地，作者是在不斷變化的背景和實驗分組中才從中得出這樣的含義。劇場是那些試驗規則的指定場地。在一篇未發表的關於《兄弟相殘》（*Brudermord*）的評論中，沃納・克拉夫特（Werner Kraft）目光敏銳地將這個小故事的發生視為一場戲。

「戲可以開始了，而且還真的透過打鈴宣布。當韋哲（Wese）離開他辦公室所在的房子時，這場戲以最自然的方式成形。但是這個門鈴，真的就是這樣，鈴聲『對門鈴來說太響亮』，聲音『傳遍城裡直達天聽』。」這個對門鈴而言聲音太大的門鈴是如何地直達雲霄，卡夫卡作品裡人物的姿態對於熟悉的環境來說，是如何地強大有力，打入更廣闊的空間。卡夫卡的功力越精進，他就越常放棄將這些舉動應用於正常情況，也放棄解釋這些舉動。「這也是一個不尋常的方式」，法蘭茲・卡夫卡在《變形記》中這樣說，「坐在高台上由上往下地跟員工交談，上司因為重聽，員工必須靠在上司很近處說話」。《審判》早已用過這種原理。「在第一排長凳那裡」，在倒數第二章裡，「K停下來，但對牧師來說他坐的位置距離仍然太遠，他伸出手，食指垂直往下，指向緊緊靠著佈道壇前的地方。K也跟著指令往前，現在他必須努力把頭向後仰，才看得到牧師。」

馬克斯・布羅德說：「對卡夫卡，重要的事實組成的現實世界是不可預見的」，那麼對於卡夫卡來說，最不可預見的就是行為或姿態。每一個姿態行為都是一個過程，甚至可以說即是一部戲本身。這部劇所上演的舞台是世界劇場，天空即是這個劇場的天幕。另一方面這個天空只是背景，依照背景本身的規律來研究，就如同把舞台勾勒的背景畫作框起來掛在畫廊裡。卡夫卡──有如格列柯（Greco，注：指El Greco，西班牙文藝復興時期的畫家）──在每個表情背後將天空撕開；但是依據格列柯──這位表現主義的守護神，決定性的事情、事件發生的中心仍然是行為舉止。聽到農場大門砰一聲的人們，因驚嚇而低頭弓身行走。一個中國演員會如此表達驚嚇，但是沒有人被嚇一跳。文中另一處，K自己也演戲。在半是不自覺的狀況下，他「慢慢地……眼睛小心地往上看……當他站起來時，看也不看地從桌子上拿起其中一份文件，放在手掌上慢慢地舉起，往前走到主管面前。此間他沒有在想什麼特定的事，而只是覺得假如他完成了會徹底減除他的負擔的大項目，他就必須這麼做。這種動物性的姿態將最大的玄虛奧秘與極致的簡單結合在一起。我們可以閱讀卡夫卡的動物故事好一段時間，而不會察覺這根本不是講人。當我們看到這些創造人物的名字——猴子、狗或鼴鼠時，我們會驚訝地從文中抬頭，才意識到我們已經遠離人類的陸地了。雖然如此這始終是卡夫卡；他將人類的姿態或動作從傳統的支撐中剝離出來，然後成為他永無止盡的思考主題或對象。

即使是從卡夫卡具指涉意義的寓言故事出發，反思很奇特地永遠不會結束。我們會想到這個寓言〈在律法門前〉（Vor dem Gesetz）。在《鄉村醫生》（*Landarzt*）裡與寓言相遇的讀者，也許會撞見寓言內裡的雲深處，這是否會導致他有更多思考，在卡夫卡詮釋的地方，進行一系列永無止境的反思呢？藉著神職人員在《審判》中所為——而且發生的地方如此出色，以至於我們可能會猜想，這部小說只不過是展開了的寓言。可是「展開了的」（entfaltet）這個詞的意義是雙重的。其一，當花蕾「綻放」成花朵時，其二，就猶如我們教孩子摺的紙船「展開」成為一張平滑的紙。而第二個類別的「展開」（Entfaltung）對寓言來說其實更適當，讀者的樂趣便是將寓言展開攤平，讓寓言的意義變得顯明易解。卡夫卡寓言的開展卻是第一重意義，即如同花蕾綻放成為花朵。因此它們的創作成果更像是詩歌。這不妨礙他的作品並不完全被歐洲的散文形式接受，他的作品之於規範，類同哈加達（Haggadah：一種用來傳述逾越節規定的猶太文本）之於哈拉卡（Halacha：猶太教口傳律法的統稱）。這些作品不是比喻式的故事（或寓言），也不想自成一格，只為自身存在；它們的特性就是人們能夠引用、用來解釋事物。但是，我們擁有被卡夫卡的寓言陪伴著的規範，並在K的姿態和在他的動物的姿態裡被闡明嗎？這個規範是不存在的；我們最多只能說，這個和那個暗示著規範。卡夫卡也許會說：作為規範的殘留物，規範流傳下來；但我們也一樣可以說：規範是作為規範的前身而準備的。總之這裡所牽涉的問題是人類社會生活組織的問題，和在人的集體裡工作的問題。當這個問題特性對卡夫卡來說變得難以理解時，他的心思就愈加在這個問題上持續。

假如在著名的〈在埃爾福特與歌德的談話〉（Erfurter Gespräch mit Goethe）中，拿破崙用政治取代命運的地位，卡夫卡也可以將組織——將這個詞變動一下——定義為命運。不只是在《審判》和《城堡》裡廣散的官僚階級中，他很清楚組織是什麼，他在〈中國長城建造時〉（Bau der Chinesischen Mauer）中所處理的困難、巨大得無法估計、令人敬畏的建築工程模式中，組織更加明確。「這堵牆必須能夠護衛幾個世紀之久；因之認真仔細的建造，利用所有已知時代和民族的建築智慧，以及建築工人個人責任感與恆久毅力，是這項工作絕對必要的先決條件。雖然來自民間不知情的短工——男人、女人、孩子，想賺多一點錢而獻身的人——會被利用來從事卑賤的工作，但是僅為管理四名短工，就需要一個頭腦清楚、受過建築教育的人……我們——我在這裡當然是代表很多人發言——其實才在轉達最高領導的指示時互相認識、成為朋友的，假如沒有領導階層，我們在學校所學和常識都不足以支撐我們在更大的整體中擁有一間小辦公室。」

這個組織和命運有相似之處。梅契尼可夫（Metschnikoff, 1838-1888）在他著名的書《文明與偉大的歷史長河》（*Die Zivilisation und die groben historischen Flüsse*）中描繪出他們模式的詞語，文句修辭有如卡夫卡的慣用方式。在〈長江的運河和黃河的水庫〉，他寫道，「很可能是……幾代人精心組織共同工作的結果。挖掘這條或那條溝渠、或支撐任何水壩時小小的不慎，最輕微的疏忽，一個人或一群人在保護共同水財富的問題上若出現自私的行為，在這麼不尋常的情況下，就會變成社會的罪惡和廣遍社會的不幸的根源。因此作為養育者的河流，帶著死亡威脅的挑戰，要求互相之間常是陌生的人們、甚至是敵對的廣大民眾，彼此之間要緊密和持久的團結；河流判處著每個人都從事實用性的工作只有隨著時間才會變得明確，而工作計劃對於普通人來說，即使參與其中卻常常完全無法理解，就是這樣的工作。」

卡夫卡想把自己看作普通人，但他隨時都把自己推到理解的極限，他也喜歡把別人推向這樣的極限。有時用杜思妥也夫斯基筆下的大審判官去說，似乎也相去不遠：「於是我們眼前有一個我們無法理解的謎。而正是因為這是一個謎，我們才有權將它傳播出去，去教導人們重要的事既不是自由也不是愛，而是這個謎團、秘密、奧秘——面對時還必須不思考、得違背良心地去服從的謎。」卡夫卡並不總是避免得了神秘主義的誘惑。他與魯道夫・施泰納（Rudolf Steiner）的會面內容，我們有一篇日記摘要可參考，就所出版的文字來看，並不包含卡夫卡的觀點。他迴避了表態評論？他對自己文本的處理方式絕不會讓這看起來像不可能，他也是這樣的態度創作。卡夫卡具備創造寓言的稀罕能力。雖然如此他從未耗盡精力在作品的解釋之上，他從不作注解展開，反而是採取可以想到的所有預防措施，預防人們對他的文字開展解釋。我們必須考慮周全、小心謹慎、帶著懷疑地進入作品內部摸索核心。卡夫卡在展開上述寓言時如何操控，對卡夫卡的這個特性如何去閱讀，對此我們必須記住。我們也可以以他的遺囑之事為參照標準。他用來命令或叮囑友人將創作遺產銷毀的遺囑誡命，表達方式令人同樣很難給出理由，同樣要仔細衡量，猶如守門人（Türhüter，卡夫卡小說中的人物）在〈在律法的門前〉給出的回答。也許生命中每個日子都在他面前呈現難以理解的行為模式，周遭都將他置於不明確的公開宣告之中的卡夫卡，在死後至少想以同樣的行為報復他的周遭世界。

卡夫卡的世界是一個世界劇場。於他而言人生來原本就在舞台上，而排練是：每個人都被安排聘雇，站在俄克拉荷馬自然劇場的舞台上。根據何種標準被錄取，是不可知的。應該先考慮到的演戲的才能、資格，在此似乎完全不重要。我們也可以以此這樣表達：除了做自己之外，對應徵的人根本沒有任何期望。要應徵的人在緊要關頭時可能成為他們所聲稱的那樣刻意為之，是不可能的。這些人帶著他們的角色在自然劇場中尋找一席之地，就像皮蘭德婁（Pirandello）的《六個尋找作者的劇中人》（*Sei personaggi in cerca d'autore*）一樣。於他們來說，劇場這個地方是最後的庇護所；而且並不能排除這個地方也是救贖。救贖不是存在的獎賞，而是如卡夫卡所言，對「自己的額骨擋住自己的去路」的人，是最後的逃脫。

這個劇場的法則包含在《給學院的報告》（*Bericht für eine Akademie*）中一個隱藏的句子裡：「……我模仿，為了尋找出路，沒有別的原因。」K在審判結束之前似乎對這些事情有預感。他突然轉身對來接他的兩個戴高禮帽的人問道：「『您在哪家戲院高就？』『戲院？』其中一位先生嘴角抽動，不解地向另一位先生求助。另一位先生則做出像一個啞巴在與自己的殘疾奮鬥一般，不尋常的舉動。」他們不回答這個問題，但是有些地方卻暗示出，這個問題觸動了他們。一張鋪著白色桌巾的桌上擺滿食物，宴請所有現在開始將身在自然劇場的人。「所有的人都感到高興和興奮。」臨時演員為了慶祝這場聚會扮演天使，他們站在覆蓋著飄逸的長袍布料、內有樓梯的高聳基座上。準備鄉村教堂的市集，或者準備的也許也是兒童節慶，在準備節慶時，上述我們提過的那個穿緊身衣、被盛裝打扮的男孩，他眼中的悲傷可能會消失。如果翅膀不是綁上去的，這些天使或許會是真的天使。他們的前身在卡夫卡的作品裡。那個劇場經理進入正在遭受〈最初的苦痛〉的空中飛人的安全網裡，撫摸他、將他的臉貼在自己的臉上，「以致空中飛人的眼淚也流到他身上」，他就是他們其中的一員。另一位，是一個守護天使或律法的守護者，在《兄弟相殘》（Brudermorde）後關心兇手施馬爾（Schmar），施馬爾「嘴貼在法律守護者的肩膀上」步伐輕盈地被他帶走。在卡夫卡的最後一部小說，以走進俄克拉荷馬的鄉村儀式漸漸結束。「在卡夫卡的作品中——摩根斯坦恩[7]曾說——如同所有宗教創始者般，籠罩著鄉村氣息。」比起卡夫卡在〈下一個村莊〉中貢獻的對虔誠最完美的改寫，我們在這裡更應該想到老子對虔誠的描述。「鄰國相望，雞犬之聲相聞，民至老死，不相往來。」老子如是說。卡夫卡也是一個寓言家，但不是創立宗教的人。

我們來看看《城堡》書中位於城堡山腳下的村莊，從那個村莊裡，K自稱受到指派前來，作為土地測量員，他的到來神秘而出人意料。布羅德[8]在卡夫卡小說的後記中提到，在描寫城堡山腳下的這個村莊時，卡夫卡眼前懸浮著一個具體的村落，即厄爾士山脈（Erzgebirge）的祖繞（Zürau，今名Si em，位於捷克布爾沙尼（Blšany））。在這個村莊裡我們應該還能辨認出另一個村莊。那是《塔木德》（*Talmud*）裡的一個傳說，拉比（Rabbi）用這個傳說來回答為什麼猶太人在周五晚上要準備盛宴。故事描述一個被流放、遠離族人的公主，她在一個語言不通的村莊裡痛苦掙扎。有一天公主收到一封信，她的未婚夫未曾將她忘記，並已動身在去找她的路上。——拉比說，這位未婚夫，是彌賽亞（Messias），而公主是人類的靈魂，她被流放的村莊則是肉體（身體）。因為她沒有其他的方式向不懂她的語言的村莊傳達她的喜悅，所以為全村準備了一餐飯。——透過《塔木德》經文裡的這個村莊，我們置身於卡夫卡的世界中。因為猶如K住在城堡山腳的村莊裡，今日的人們也如此生活在他們的身體中，現代人的身體滑落離開了

7 索瑪・摩根斯坦恩（Sona Morgenstern, 1890-1976）是猶太—烏克蘭的作家與記者。

8 指卡夫卡的編輯友人。

人，變成人的仇敵。有可能會發生的是，某天早上有個人醒來時發現自己變成一隻害蟲。這個陌生異者──他的陌生異者──成為他的主宰。在卡夫卡作品中也同樣有這個村莊的空氣吹拂著，因為如此，卡夫卡並沒有被誘惑成為宗教創始人。屬於這個村莊的還有〈鄉村醫生〉作品中的馬所出的豬圈，克拉姆嘴裡叼著維吉尼亞牌雪茄、坐在一杯啤酒前的濕黏屋後小房間，以及只要人們一敲就會帶來不幸的農場大門。由於所有未出生的和過熟的氣味都腐敗地混合在一起，這個村莊的空氣是不潔的。卡夫卡有生之日都在這樣的空氣裡呼吸。他既不是狂熱分子，也不是宗教創始人。在這樣惡濁的空氣中他是如何堅持下來的？

駝背的小矮人

很久以前人們得知，克努特・漢姆生[9]有一個習慣，他偶爾會將自己的觀點撰文寄去給所居附近小鎮的當地報紙論壇。幾年前，這個城市舉行陪審制刑事訴訟，判處一名女僕入獄服刑，因她殺死了她剛出生的孩子。不久之後，報紙上刊登出漢姆生的觀點。他在報上宣布要離開這個小鎮，因為這個小鎮沒有對殺害新生嬰兒的母親施以最高懲罰——絞刑，或者至少判她終身勞役。幾年過去之後……，他的小說《土壤的生長》（*Growth of the Soil*，也譯「大地碩果」）出版，書中講述了一個女僕的故事，她犯了同樣的罪行，受到同樣的懲罰，而就如讀者清楚地認識到那樣，她當然不應該受到更嚴厲的懲罰。

卡夫卡內含在《中國長城建造時》中遺留下的省思，讓人想起這個事件經過的過程與起因，關於個人受社會、命運支配這點。因為這份遺稿剛出版，人們集中在對這些反思的解釋而忽略他的真實作品的批判，就成為批評卡夫卡的基礎。有兩種方式可以從根本上錯誤解讀卡夫卡的作品。自然的解釋是一種，超自然的解釋是另一種。本質上兩者——無論精神分析式的，或者神學的詮釋——都以相

9 漢姆生（Knut Hamsun, 1859-1952），是挪威作家。

同的方式，完全無法命中靶心。第一種由赫爾穆特．凱撒（Hellmuth Kaiser）代表；持第二種解釋的作家現在數量眾多，例如漢斯．約阿希姆．修普斯（H. J. Schoeps）、伯恩哈特．讓克（Bernhard Rang）、格羅特森（Groethuysen）。在另外的上下文脈絡裡，威利．哈斯（Willy Haas）對卡夫卡也作了富啟發性的評論，稍後我們也會提出，但他也算其中一員。這無法避免，因他將卡夫卡全部作品以神學的框架闡釋。「無上的力量，」對於卡夫卡他如此寫道，「即恩典的領域，他在他偉大的小說《城堡》（Das Schloß）中描述表達，而下層的，即法庭審判與罰入地獄，則在他同樣偉大的小說《審判》（Der Prozeß）中。介於其中的人間，……人世間的命運以其對人艱難的挑戰，他表述在極端風格化的第三部小說《美國》（*Amerika*）中。」

這種解釋的前三分之一，自布羅德以來，應該可以被視為闡釋卡夫卡的共有財產。在這個意義下，舉伯恩哈特．讓克為例，他寫道：「假使我們可以把城堡視為恩典的所在，那麼徒勞的努力和嘗試，意味著，從神學上來說，神的恩典是不能夠被人專斷地、憑個人意願地召喚和強求的。悸動不安和沒有耐心只會阻礙和擾亂神的莊嚴的沉默。」這種解讀是一種方便的解讀；解讀進行地越深入，它站不住腳的事實就越明顯。在這一點上顯現得最清楚的，也許是威利・哈斯，當他解釋說：「卡夫卡的文思可以回溯自……齊克果（Kierkegaard）與帕斯卡（Pascal），我們可以稱他是齊克果和帕斯卡唯一合法的子孫。所有這三個人都有這個頑強、血腥而艱澀的宗教性的基本主題：人在神的面前永遠是有罪的。」卡夫卡的「上層世界，即其中有預見不到、小氣、難以捉摸、相當好色的官僚圈子，他所謂的『城堡』，以這個稀奇古怪的天堂跟人們玩著可怕的遊戲……；縱然如此，人在這個神位面前仍是罪孽深重。」這個神學理論遠遠落後於坎特伯雷的聖安瑟莫（Ansem von Canterbury）的稱義學說（die Rechtfertigungslehre），陷入未開化的臆想中，看起來甚至連與卡夫卡文中的原義都不相容。

「『到底』，《城堡》裡是這麼說的，『一個個別的官員能原諒寬恕嗎？這只能是整體行政機關的事，但是即使是整個當局也可能無法原諒，而只能審判懲治。』」這條被這麼行走的路很快就變成死路。「這一切」，丹尼斯・德・魯日蒙特（Denis de Rougemont）說，「並不是沒有上帝的人的悲慘處境，而是因為不認識基督，所以被不認識的上帝所束縛的人的悲慘處境。」從卡夫卡死後遺留的筆記彙集中推出推測性結論，比探究他故事和小說中出現的主題之一更容易。然而，只有這些故事和小說才能為主導卡夫卡創造力（或藝術作品）的遠古力量提供一些線索；這些力量當然以同樣的理由，也可以被視為是我們這個時代的世俗權力，而且誰能說這些權力以什麼名字出現在卡夫卡面前？能夠確定的只有：他在這些權力中找不到處身之道。他不認識這些權力。他只在那面遠古世界的鏡子，以有罪的形貌給他看的鏡子中，看到未來以審判的樣貌顯現。這要怎麼去想呢——這不就是最後的審判嗎？法官不就成為被告了嗎？審判過程不就是刑罰了？——關於這些，卡夫卡沒有給出答案。他對答案有所期待嗎？還是對他而言更多期望的是要阻擋答案？在那些我們從他那裡得到的故事中，敘事文學重新獲得在雪赫拉莎德（Scheherazad，《一千零一夜》中說故事的新娘）口中的意義：

延遲那即將到來的。在《審判》中，拖延是被告的希望——審判過程千萬別逐漸進展到判決。族長（Erzvater，猶太民族最早的祖先，例如亞伯拉罕）本人將會從拖延中受益，即使他必須為此犧牲自己在傳統中的地位。「我可以想像另一位亞伯拉罕，當然他永遠不會成為一個族長，甚至不會成為一個舊衣商人——這個亞伯拉罕願意像服務生一樣，心甘情願立即滿足受害者的要求，但是這個亞伯拉罕卻無法實現犧牲，因為他無法離開家庭，他是不可或缺的，經濟上也需要他，總有還有事情要做，房子尚未完工，但是房子不完工的話，沒有一個完工的房子可作依靠，他就無法離開，《聖經》也理解這一點，因為《聖經》說：『他整頓他的房子。』」

這個亞伯拉罕看起來「甘心情願服務，像一個服務生」。對卡夫卡來說，某些東西只有透過行為模式才能捉摸得到。而他不理解的行為模式，則造成這些寓言的迷雲。卡夫卡的文學就是產生於這種行為模式。他如何遏抑自己的文學不使外流，是眾所皆知的。他的遺囑下令銷毀他的作品。這份任何研究卡夫卡的人都不能忽視的遺囑說，卡夫卡的作品不能滿足作者自己，說卡夫卡認為自己的努力沒有擊中靶心，說他將自己算做那些註定失敗的人之一。將文學轉為規範準則，作為寓言的文學將持久性和樸實無華——對卡夫卡而言，唯一適合面對理性的——還給文學，他的這個偉大的試驗失敗了。沒有一個文學家像卡夫卡那樣正確地遵從「不可為自己塑立雕像」。

「對之感到的恥辱比他活得更久，才是恥辱。」——這個句子結束了《審判》這部小說。對應他的「情感的基本純潔性」的羞恥，是卡夫卡最強烈的表達模式。然而它有兩個面向。是人類一種親密反應的羞恥，它同時也是一種社會要求很高的反應。羞恥不只是在人面前感覺羞恥，而且也是為這些人所感到的羞恥。因此卡夫卡的羞恥並不比被羞恥支配的生活和思想更個人化，對此他說道：「他不是因為他的個人生活而活著，他不是因為他自己的想法而作思考。對他而言，他似乎是在家庭的強制下活著和思考著……為了這個他感到莫名的家庭，他無法被釋放。」我們不知道這個莫名的家庭——無論是人的或者動物的——是如何組成的。清楚的只有一點，就是這個家庭強迫卡夫卡在書寫中搬移宇宙洪荒。他遵循這個家庭的要求，成為像薛西弗斯（Sisyphos）滾石頭一樣翻攪歷史事件的書記。翻動的同時，書記底層的頁面重見天日。去看這些頁面，並不是舒服的事。但是卡夫卡做到了堅持住他的眼光。「對進步有信念，不代表相信進步已經在發生。這不叫做信念。」卡夫卡生活其中的那個時代對卡夫卡來說，並不比時間的開端進步；他的小說發生在一個沼澤世界裡。在他的作品中，角色出現在巴霍芬（Bachofen）所稱共妻（或納妾制，Hetärismus）的階段。這個階段被遺忘，不代表它就不會被插入現代社會。更恰當的說法是：這個階段透過被遺忘，完成它的現代化。比平均一般的人更深的體驗，才能接觸到這個階段。「我曾有體驗，」根據卡夫卡早期所寫的文字：「而且如果我說，我不是在開玩笑，在堅實的陸地上會暈船。」在鞦韆上進行第一次《沉思》（*Betrachtung*，譯注：這也是卡夫卡第一部出版作品的名稱）不是偶然的。不知疲倦地，卡夫卡漫步於經驗波動的本質上。每一個經驗都不堅持己見，都與和自己對立的經驗互相融合。「那是在夏天的時候，」〈莊園大門的敲門聲〉（*Schlag ans Hoftor*）如此開場，「一個炎熱的白日。我在回家的路上，與我的妹妹一起，經過一座農莊的大門。我不知道她敲門是出於惡作劇的心態還是漫不經意，或者她只是舉起拳頭示意要敲門，但是沒有敲下去。」單單是這個可能性，這個所提出過程中第三個地方的可能性，讓前兩個首先似乎無傷大雅的可能性有了不同的顯像。卡夫卡的女性形象正是從這種經歷的沼澤地上崛起的。她們是沼澤生物，例如蕾妮（Leni），她張開「右手的中指和無名指」，「兩指之間的連接幾乎到達短短的手指頂端的關節。」——「美好的時光，」曖昧的芙莉愛達（Frieda）回想她早期的生活，「你從不問我的過去。」這個過去恰恰將我們帶回幽黯的子宮深處，交歡發生之處，「無倫淫蕩行為的繁複」用巴霍芬的話說，「讓天堂之光的純粹力量憎恨」，證明了亞挪比烏[10]（Arnobius）所說的「骯髒的淫蕩（luteae voluptates）」。

從這裡開始，卡夫卡作為敘述者的技巧才開始被理解。當其他小說角色想跟

K說什麼的時候，總是不經意地——不論是重要的，還是令人驚訝的——以及以一種基本上他應該早就知道了的方式。好像這不是什麼新鮮事，好像主角只是悄悄地被請求去想起他忘記的事情。威利・哈斯是有正確的理由想從這個意義上去理解「審判」的過程，而且說「這個司法過程的主題，這本令人不可思議的書的主角，其實是遺忘，……這本書的主要特性是，他忘了他自己……在這裡，遺忘以被告的角色成為一個啞然的形象，而且還是擁有最強烈密度的形象。」「這個充滿奧秘的中心……是來自猶太教」，是不可否認的。「在這裡，代表虔誠的記憶扮演著非常神秘的角色。耶和華（Jehova）記得一切，他保留著無誤的記憶『至第三和第四代』，甚至『直至百代』，這……不是只是一種特質，這甚至是耶和華最深層的特質。宗教儀式最神聖的……行為是從記憶之書中，將原罪消除。」

10　亞挪比烏，卒於西元三三〇年，是基督教護教者，有名的修辭學家。

記憶——理解這個之後，我們就面臨卡夫卡作品中的另一個門檻——永遠不是單一個體。每個遺忘都與亙古的遺忘混合在一起，並與遺忘一起進入無數的、不確定的、不斷變化的聯結，持續更新地產生畸形怪物。遺忘是容器，從這個容器中卡夫卡故事裡無盡的夾層世界顯露出來。「對他來說，世界的圓滿是唯一的真實。所有的精神都必須是物象的、特殊的，才能在這裡有一席之地和存在的權利。」只要抽象層面的精神，仍在發揮作用，就會成為具象的精神。這些具象的精神變為特殊獨特的個體，為自己命名，而且特別地與崇拜者的名字關聯在一起。「毫無疑問地，世界將因這些精神體的豐富而變得更加擁擠……這群精神體不假思索地繁殖，……新的不斷地添加到舊的當中，並且所有的都以自己的名字與其他的作區別」。這裡所談的當然不是卡夫卡——而是中國。弗蘭茨・羅森茨威格在《救贖之星》（*Stern der Erlösung*）中如此描述中國的祖先崇拜。只是卡夫卡的祖先的世界和對他而言非常重要的現實世界，一樣難以預測，而且可以確定的是，這個世界——猶如圖騰之於原始民族——領他往下通往動物世界。順帶說明，動物在卡夫卡文中不單只是遺忘的容器。在蒂克（Tieck）[11]有深刻意義的《金髮艾克伯特》（*Der blonde Eckbert*）裡，被遺忘的狗名叫史特羅米安（Strohmian）代表一個神秘難解的罪惡的暗號。如此一來我們可以理解，為何卡夫卡不知疲倦地細聽動物講述牠們所遺忘的事物。

動物並不是目標；但是少了牠們是不行的。我們會想到《飢餓藝術家》（*Hungerkünstler*），他「嚴格來說，只是通往畜欄路上的一個障礙」。當我們看著《洞穴》（*Der Bau*）中的動物或《巨痣》（*Riesenmaulwurf*，又名*Der Dorfschullehrer*《鄉村教師》）或在挖洞時，沒有看到牠們在沉思嗎？而這些思考在另一方面又很不集中。思維猶豫不決地從這個憂慮搖盪到那個憂慮，反反復復煩躁地啃嚙所有無由來的恐懼。

也因此卡夫卡文中有蝴蝶；滿載罪惡的《獵人格拉克斯》（*Jäger*

11 蒂克（Johann ludwig Tieck, 1773-1853），德國詩人，也是浪漫主義的作家。

Gracchus），他不想知道任何有關於自己的罪孽，「『變成了一隻蝴蝶』」。「『請不要笑我，』獵人格拉克斯說道。」有一點是肯定的：卡夫卡筆下所有的角色中，動物最能讓我們深思。腐敗之於法律，就如恐懼之於腐敗。恐懼破壞整個過程，但卻是過程中唯一充滿希望的事。而因為我們身體被遺忘的陌生奇異感是──我們自己的身體，我們理解卡夫卡為何將他體內爆發的咳嗽稱為「野獸」。咳嗽是這一大群獸中的最前鋒。最詭奇的雜種是卡夫卡文中，洪荒世界帶著罪惡產生的奧德拉德克（Odradek）[12]，「一開始看起來像一個扁平的星狀線軸，而且似乎也被線纏繞著；然而可能也只是種類繁多，顏色各異的線頭，斷掉的、舊的、打著死結糾纏在一起。只是這不僅是一個線軸，因為星星的中間伸出一根小木桿，還有另一根小木桿以直角連接上它。借助一側最後一根木桿和另一側星芒的部分，整件物體可以像有兩條腿一般直立起來。」奧德拉德克「交替地逗留在閣樓、樓梯間、走道、玄關」。它喜歡相同的一些地點，例如調查罪行的法院所在。閣樓是被丟棄、被遺忘的物品的所在地。也許身在法庭的壓力會產生

一種類似的感覺，好像是在靠近地板上已經閉鎖多年的箱子。

我們喜歡把苦差事推遲至最後，就像K認為他對辯護詞的書寫適合「在退休之後，讓變幼稚的頭腦去忙碌」。奧德拉德克是事物在遺忘中成形的形體。這些事物已然扭曲不成形。不成形的是從中無人知曉憂慮是什麼的《一家之主的憂慮》；扭曲的是那隻害蟲，從牠身上我們太過清楚地明白，牠就是格雷戈爾・薩姆沙（Gregor Samsa）；錯置的是那隻大獸，半是羊，半是貓，對這隻獸而言也許「屠夫的刀是救贖」。卡夫卡的這些角色經由一長串的形態與扭曲的原型——駝背——關連在一起。在卡夫卡故事中的姿態裡，最常見的姿態莫過於男人把頭深深地低在胸前。那是具有審判權領主身上的疲憊，是飯店門衛周遭的嘈雜，是頂層樓座訪客的頭上，低矮的天花板。而《在流放地》中，統治者使用一種舊式

12 奧德拉德克是卡夫卡短篇故事〈一家之主的憂慮〉中的主角，有無法確切定義的特質，總在反思如何重新看待物的世界。

的機器，在罪犯的背上刻上沒有必要地龍飛鳳舞的字母，增加針刻的數量，堆積裝飾紋飾，直到罪犯的背部變得有千里眼，能夠破譯字碼，從這些字中辨認出他不為人知的罪孽的名字。那麼，是背部，背部負責承擔。卡夫卡從來都是如此，所以在早期的日記中：「為了盡可能地負重，我認為這有利於入睡，我雙臂交叉，手放在肩膀上，這樣我就能像一個身上有重負的士兵一樣躺著。」明顯地，背負重擔與熟睡的人的忘卻是一致的。童謠《駝背的小矮人》（*Bucklichen Männlein*）象徵性地代表了相同的事情。這個小矮人是扭曲生活的囚犯；當偉大的拉比口中那個不用強權改變世界，只會稍微糾正的彌賽亞到來時，小矮人就會消失。

「我進房間要鋪床，駝背小矮人站在那裡開始笑著，」這是奧德拉德克的笑聲，笑聲代表：「聽起來像落葉裡沙沙的聲音。」「我跪下想祈禱，駝背小矮人站在那裡彷彿說，親愛的小孩我請求你，也為我祈禱吧！」童謠在此句結束。卡夫卡在童謠的深處觸摸到既不是「存在神學」（*existenzielle Theologie*）也不是「神話感知」（*mythische Ahnungswissen*）給他的基底，這個基底既屬於德國民間也同樣屬於猶太傳統。假如卡夫卡不祈禱——這點我們無從得知——雖然如此，最為他所有的，是馬勒伯朗士（Malebranche）所稱「靈魂天生的祈禱能力」——敏銳的觀察力。他將所有的生物都包容進他的觀察中，猶如聖徒為所有的生靈祈禱一般。

桑丘・潘薩[13]（Sancho Panza）

人們如此傳說，在一個哈西迪（Chassidismus）猶太教派的村莊裡，安息日快結束的晚上，在一家簡陋的旅店裡坐著一群猶太人。他們都是當地人，除了一

13 桑丘・潘薩是作家塞凡提斯的作品《堂吉訶德》中的侍從角色，主角堂吉訶德是鄉村貴族，沉迷於騎士遊俠小說，他找這位是鄰人也是農夫的桑丘・潘薩當作侍從，一起上路。

個沒人認識的，非常貧窮、衣衫襤褸的人，蜷伏在後面黑暗的角落。各式各樣的事都談過後，有人建議每個人都說出如果他得到一個願望，他會許什麼願。一個想要錢，另一個想要女婿，第三個想要一個新工作台，話題就這樣依序下去。每個人都說過之後，剩下黑暗角落裡的那個乞丐。他勉強地、拖拖拉拉地回答：「我希望我是一個強大的國王，統治著廣闊的土地，晚上的我在我的宮殿裡睡覺，敵人會從邊境入侵，黎明前騎兵會到達我的城堡，沒有任何抵擋，而我從夢中驚醒，連穿衣服的時間都沒有，我穿著睡衣逃跑，穿過高山和峽谷，越過森林和丘陵，日夜被追趕，直到我來到這片土地，在你們角落的長椅上被拯救。這是我的願望。」所有人面面相覷，不能理解。──「從這個願望裡你能得到什麼？」一個人問。──「一件睡衣。」是回答。這個故事帶我們深入卡夫卡的家庭世界。沒有人說彌賽亞將顯形，糾正的扭曲只牽涉到我們的空間。這些扭曲也存在於我們的時間。這卡夫夫卡一定也想過。而出於這種必然性，他讓《下一個村莊》（*Das nächste Dorf*）中的祖父說：「『生命是如此驚人的短暫。現在在我的回憶中，生命於我這麼精簡扼要，令我幾乎無法理解，例如，年輕人怎會決定騎馬去鄰村，不幸的偶然先不提，而不擔心即使是正常的、幸福度過一生的時間都已經遠遠不夠了，還要將時間給這樣的行程。』」這個老人的一個兄弟是那個在「平凡幸福」度過的生活中，甚至沒有時間找到可以許一個願望的乞丐，但在這個乞丐所經歷的不尋常、不幸的逃亡生活中，願望是不必要的，願望被實現或發生取代。

卡夫卡筆下的人物中，有一個氏族以自己獨有的方式認為生命是短暫的。這個氏族來自「南方的城市……據說：『那裡有人，想像一下，不睡覺！』——『為什麼不睡覺？』——『因為他們不會累。』——『為什麼不會累？』——『因為他們是傻瓜。』——『傻瓜難道不會累嗎？』『傻瓜怎麼可能會累！』」我們可以看到，傻瓜與永不疲倦的僕人如有親戚關係。只是，這一族的人還能成就更高的事業呢。不經意地，我們從僕人的臉可推斷，他們似乎是「成人，甚至還可能是學生。」而真的，出現在卡夫卡文中最奇怪的地方，裡頭的學生正是這個時代的代言人和統治者。「但是您什麼時候睡覺？」卡爾（Karl）驚訝地看著這個學生問道。「喔，睡覺哦，」學生說，「我會睡的，等我完成學業之後。」這讓我們想到小孩：他們是多麼不情願上床去睡覺！當他們在睡覺時，可能會有與他們有關的事情發生。「不要忘記最好的部分！」有一個提醒這麼說道，「我們從數不清的無名的古老故事中對這個提醒很熟悉，雖然如此，這個警語也許在任何故事中都不會出現。」

但是遺忘總是涉及到最好的部分，因為最好的部分涉及救贖的可能性。「這個想要幫助我的思維，」獵人格拉克斯無法安息且不斷遊蕩的鬼魂，諷刺地說，「是一個疾病，必須臥床療癒。」──在學習中的學生是清醒的，也許學習最大的美德就是讓學生保持清醒。飢餓藝術家挨著餓，守門的人不發一語，而學生則是醒覺的。禁慾苦行的偉大法則在卡夫卡文中隱密的運作方式，學習是禁慾的最高點。卡夫卡虔誠地將它從被遺忘的童年中挖掘出來。「與平時沒有什麼大不同──距今已經過去很久了──卡爾在家中坐在父母的桌旁寫作業，而他的父親則閱讀報紙或為協會做簿記和處理信件，而他的母親則忙著縫紉，從布裡高高地將縫線拉出來。為了不干擾到父親，卡爾放在桌上的只有筆記本和文具，而必要的書籍則排放在他左右邊的扶手椅上。那裡是多麼的安詳啊！陌生人進到這個房間是多麼稀罕的事！」也許這些學習沒有意義，但是這些學習與「虛」那麼的近，才讓「有」變成能被使用——即「道」。

「道」也是卡夫卡心之所嚮，「用精細縝密的手工做出一張桌子，在製作桌子的同時什麼都不做，什麼都不做這點，不是以旁人說：『鎚打對他來說沒什麼』的方式，而是『鎚打對他來說是真正的鎚打，同時也是沒什麼。』這使得鎚擊更勇敢、更堅定、更真實，而且如果你想的話，也更為瘋狂。」而這麼堅定、這麼狂熱的態度是學生學習時的態度。這個態度是所能想像到的最奇特的態度。書寫的人、學生們都呼吸不過來了，他們只能如此拼命追趕。「『官員口述的聲音經常很小，以至書記坐著時完全聽不到。這時他們總是必須跳起來補抓字句，趕快地再坐下將之抄寫出來，再跳起來，如此這般一直下去。多麼古怪啊！幾乎不能理解。』」

「如果我們回想一下自然劇場中的演員，也許比較好理解。演員必須像閃電一樣快速的注意關鍵詞。在其他方面演員也與這些勤奮的人相似。事實上，對演員來說，『鎚擊是真正的鎚擊，但同時又什麼都不是。』──如果這包含在他們的角色之中的話。演員學習角色；忘詞或者是忘記角色的某個姿態的演員，是歹劣的演員。對於奧克拉荷馬的劇組成員來說，角色是他們的前生。因此，也就是『自然』之於自然劇場。這個劇場的演員已經得到救贖，但是那個卡爾在晚上的時候默默地在陽台上看著的那個學生，看他讀著書，『翻頁，時不時地以閃電般的速度拿起另一本書查找資料，經常在筆記本上寫筆記，總是把臉驚人的貼近，像要貼在筆記本上。』」

卡夫卡不厭其煩地像這樣將姿態形象化。他將姿態形象化時，總是自己也對之感到驚訝。我們自然地會將K與帥克（Schweyk，譯注：《好兵帥克》的主角）進行比較，一個對所有的事物都感到驚奇，另一個什麼都不感興趣。在這個人與人之間極度疏遠，無窮盡的間接關係成為人與人之間唯一的關係的時代中，電影和留聲機被發明。在電影中人辨認不出自己走路的樣子，留聲機裡認不出自己的聲音，實驗都已經證明。在這些實驗中，實驗對象的情況便是卡夫卡的情況。這個情況就是那個指導他學習的情況，在學習中他可能會遇到自己存在的殘存碎片，仍然在角色中的碎片。他也許可能抓住已然遺失的情態，就像彼得・施雷米爾（Peter Schlemihl）[14]抓住他賣掉的影子一樣。他也許會理解自己，但是這將是多麼艱巨的努力！因為從遺忘中狂飆而出的，是暴風雨。而學習則是迎向暴風的騎士。就這樣酒館裡騎在爐邊長凳上的乞丐迎向他的過去，為了在逃亡的國王形態中捕抓到自己。這一段對一生來說太長的旅程，對應於對一次旅程來說太短的一生——「……直到放開馬刺，因為沒有馬刺，直到扔掉韁繩，因為沒有韁

14 施雷米爾是夏米索（Adelbert von chamisso, 1781-1838）的小說《彼德・施雷米爾的奇幻之旅》的主角名字。

繩，當一輩子在眼前猶如割得平平整整的牧場閃現時，馬的脖子和馬頭也已消失。」這是幸福騎士的幻想實現，他在無拘無束、快樂的旅程中衝向過去，不再成為他的馬的負擔。不幸的是被拴在馬身上的騎士，因為他為自己設定了未來的目標，即使這個目標──煤窖──就在鄰近。他的動物也不幸，兩個都遭遇不幸：炭桶和騎士。「作為炭桶騎士，我手抓著頂端的把手，即最簡單的韁繩，困難地轉身下樓。到了樓下，我的炭桶即往上升起，宏偉壯觀；比低低地趴在地上的駱駝在引領者的棍棒下搖搖晃晃地站起身還要美麗。」沒有什麼比「冰山地區」（die Regionen der Eisgebirge）的敞開更令人絕望了，在群山裡炭桶騎士迷失其中，永遠不見。從「死亡的最低地帶」吹來對他有利的風──同樣的風在卡夫卡文中這麼頻繁地從洪荒世界裡吹來，獵人格拉克斯的船也被這股風驅動。「到處，」普魯塔克（Plutarch）說，「無論是在希臘人中，還是野蠻人中，在神話和獻祭中，我們都被教導……必須有兩種特殊的基本存在和對立的力量，其中一種通向右側並筆直向前，而另一種則轉變方向重新回來。」逆轉是學習的方向，這個方向將存在轉成文字。書寫的大師是沒有強大的亞歷山大大帝陪同下的「新律師」布西發拉斯[15]——而這個意思是：往前衝鋒的征服之路只不過是——走回頭路。「牠的側腹自由自在，不受騎手大腿的壓迫，在遠離亞歷山大戰役（Alexanderschlacht）喧囂的安靜燈光下，牠閱讀、翻頁著我們的舊籍。」——這個故事不久前透過維爾納・克拉夫特（Werner Kraft）成為闡釋的主題。他投注全部精力仔細考察文本的每個細節之後，察覺：「在文學中沒有任何地方像這裡一樣，對整個神話進行如此有力、透徹且決定性的批判。」「公平正義」——釋意者這麼認為——卡夫卡不需要；然而，正是出於正義，才是對神話作批判的原始開端。——一旦我們走到這麼遠，而以此為滿足而止步的話，我們就有錯過卡夫卡的危險。這真的是那個以正義之名，能夠援引來對抗神話的律法嗎？不，作

15 布西發拉斯（Bucephalus），指亞歷山大大帝的愛馬，牠是「新律師」，意指牠的形象被收入律師事務所中，因為自亞歷山大大帝以後世道改變，最好的處事態度是像牠一樣埋首於法律書籍中。

為一名法律學者，布西發拉斯仍然忠於他的出身。只是，他似乎——在卡夫卡的意義上，這對布西發拉斯和律師來說可能都是新鮮的——沒有在從事或實踐法律工作。不再實踐而只做研究的法律，這個法律才是公平正義的大門。公平正義的大門成了研究對象。然而，傳統歸結到對《妥拉》（*Thora*，譯注：為猶太教的核心經文）的學習的那種承諾，卡夫卡不敢將之連結至這個研究。他的僕人是失去祈禱室的教區司事，他的學生是失去《聖經》的學生。現在，已經沒有任何東西可以支撐他們「無拘無束快樂的旅程」了。然而，卡夫卡找到了他的旅程的規律——起碼至少一次，他成功地將令人屏息的高速度，與他一生都在追求的緩慢敘事節奏互相平衡了。他將之表達在一篇短短的筆記中，這份文字不僅僅因為是一種詮釋而成為他最完美的創作。「桑丘．潘薩，順帶說一句，對此從未誇耀，多年來，他透過在傍晚和夜間有著大量騎士和冒險的浪漫故事提供，使這位他後來稱為堂吉訶德的惡魔，將其注意力如此成功地轉移，讓這個惡魔可恣意且有理由進行最瘋狂的活動，然而，因為這些活動缺乏預設的對象目標，原本應該是桑丘・潘薩，所以也沒有任何人受到傷害。桑丘・潘薩，一個自由的人，也許出於某種責任感，冷靜忠實地追隨堂吉訶德踏上征途，從中得到了極大而有助益的樂趣，直到他的生命盡頭。」[16]成熟老練的傻瓜以及無助的僕人，桑丘・潘薩讓他的騎士走在前面，布塞發拉斯也比牠的騎士活得更久。不論是人、是馬都不重要，只要背上的負擔卸去了。

16 此段引文出自卡夫卡的文〈關於桑丘・潘薩的真相〉（Die Wahrheit über Sancho Pansa）。

國家圖書館出版品預行編目(CIP)資料

卡夫卡：變形記 —— 六部指標作品/法蘭茲.卡夫卡 (Franz Kafka) 著；宋淑明等譯. -- 初版. -- 新北市：菓子文化, 遠足文化事業股份有限公司, 2025.1
面； 公分
譯自：Die Verwandlung und ausgewählte Erzählungen
ISBN 978-626-98185-3-2(平裝)

882.457　　113019020

菓子
Götz Books

卡夫卡：變形記
——六部指標作品〔作者逝世百年特選〕

作　　者　法蘭茲・卡夫卡 (Franz Kafka)
譯　　者　宋淑明、何文安、吳佳馨
內頁繪圖　林勝正

校　　對　楊蕙苓
主　　編　邱靖絨
排　　版　菩薩蠻電腦科技有限公司
封面設計　木木 Lin

出　　版　遠足文化事業股份有限公司　菓子文化
發　　行　遠足文化事業股份有限公司
地　　址　231 新北市新店區民權路 108 之 2 號 9 樓
電　　話　02-22181417
傳　　真　02-22181009
E m a i l　service@bookrep.com.tw
郵撥帳號　19504465 遠足文化事業股份有限公司
客服專線　0800221029

印　　刷　東豪印刷股份有限公司
定　　價　469 元
初　　版　2025 年 1 月

法律顧問　華洋法律事務所　蘇文生律師

歡迎團體訂購，另有優惠，請洽業務部 (02)2218-1417 分機 1124、1135
傳　　真　02-2368 7542
網　　址　http://www.goethe.de/taipei